苔　丝　的　哀　歌

哈代诗选

袁宪军　译

图书在版编目（CIP）数据

苔丝的哀歌：哈代诗选 /（英）托马斯·哈代；
(Thomas Hardy) 著；袁宪军译．—— 哈尔滨：北方文艺
出版社，2019.1
ISBN 978-7-5317-3991-3

Ⅰ．①苔… Ⅱ．①托… ②袁… Ⅲ．①诗集－英国－
近代 Ⅳ．① I561.24
中国版本图书馆 CIP 数据核字 (2018) 第 164070 号

苔丝的哀歌：哈代诗选
Taisi De Aige:Hadai Shixuan

作　者 /（英）托马斯·哈代　　译　者 / 袁宪军

责任编辑 / 王　丹　　装帧设计 / 任潇红

出版发行 / 北方文艺出版社　　网　址 / www.bfwy.com
邮　编 / 150080　　经　销 / 新华书店
发行电话 /（0451）85951921 85951915
地　址 / 哈尔滨市南岗区林兴街 3 号

印　刷 / 北京诚信伟业印刷有限公司　　开　本 / 880mm × 1230mm　1/32
字　数 / 265 千　　印　张 / 12.25
版　次 / 2019 年 1 月第 1 版　　印　次 / 2019 年 1 月第 1 次印刷

书　号 / ISBN 978-7-5317-3991-3　　定　价 / 78.00 元

总 序

“望夏日长空，即为诗，虽然不在书页里。真正的诗，逃逸。”（艾米莉·狄金森）

诗，跟语言一样古老，甚至更为古老。诗，是无声胜有声，是木叶无语纷纷落。诗，是两个默契的人说话，说着说着，进入沉默。“人，诗意地栖居”。诗是凡躯出生入死的本相，因而不妨说，每个人都是诗人，都默契于诗，虽然你常常忘了，因而也被遗忘。

像暗夜中的北极光闪现，照亮虚空中的虚空，让无声者发声是诗人的天职。诗人体悟沉默，更痴迷于语言，他/她的心灵更为敏感，每当情动于衷，不能自已，遂在语词的密林里耕耘，让语言从其根部发出颤音，让天地人神共鸣。

好诗是有强度有张力的语言，一首好诗有时恰如一个有力的扣球，它不想打败读者，它希望读者把球接住。因而，诗之美不必优美，不唯抒情，更远离滥情。对于一首好诗，读者理应有更高的期许，远非轻松的消遣和抚慰，更不是可有可无的装点。好诗磨砺读者的感性，带你走入陌生和惊喜。

“北极光诗系”邀您重读经典，并推介当代新篇。其中“经典译丛”，主要精选老翻译家的经典译作。百年来，外国诗歌经典经受了翻译的考验，有磨损有变形有创造，为中国文学引入了新的观念、新的感性和新的表达，参与了中国新文学的发展，并已成为中文经典不可分割的一部分，这一份财富需要代代传承。与此同时，伴随语言和感性的日益更新，也需要鼓励新译者尝试经典重译，我们相信，经典经得起一读再读，常读常新，常译常新。

“北极光诗系”之“当代译丛”推介当代世界诗歌精品，

特别是在世界诗坛被充分认可，享有定评而鲜有中译本的诗人诗作。这是一块尚待耕耘的土地，需要出版家的胆识和情怀，也需要新一代译者继往开来、不懈努力。

经典或许不是你正在读或打算读，而是你正在重读或打算重读的书；而每一部经典都曾经是当代新篇，来自鲜活的当下，在读者的阅读中走进历史，成为经典——

为永恒驻足，
为甜蜜与光明留步，
走进经典，
朝向诗与生命的极处。

编　者

2016 年 5 月

目录

序　言

“演戏”的时代，译诗何为？

承蒙伯韬君盛情之邀，选了一些哈代的诗歌学译。

诗歌的翻译，是一件费力不讨好的事情，因为译文无论如何都不能完全传达原文的诗意，不过，译文只要力求捕捉并传达原作的诗意，就不负译者所付出的努力。那么，到底什么是一首诗歌的所谓的“诗意”或者批评界常说的“诗性”呢？对此，我们亦有种种看法。是新批评派所谓的词语的意象、意境、隐喻、象征、悖论等相互作用所产生的张力？是俄国形式主义者所谓的语言的陌生化？是浪漫主义者所推崇的想象力？是词语特殊的排列组合所产生的声音效果和语言效应？还是其他别的什么东西？一位诗人的诗的诗意与另一位诗人的诗的诗意，是不是一样的？甚至一首诗歌与另一首诗歌的诗意是不是一样的？一种语言的诗与另一种语言的诗的诗性又有什么不同？诗，有其共同的诗性，而其诗性也有其相同的表现方式，这就是为什么我们努力把一种语言的诗翻译成另一种语言，甚至用同一种语言把古代的诗翻译成现代的诗。但是，诗，也有其完全不同的表现方式，这就是为什么我们又说诗不可译，或者说翻译必然会失去原诗所固有的某些诗的特性。可以说，对于一切诗歌而言，我们以上所提及的陌生化、张力、意境、意象、声音效果等，都是其诗意的体现方式，但是这些因素又是好的散文的表现形式。所以，我认为，所谓诗性，更重要的应该是那种只可意会不可言传的感觉，诗的感觉。俞平伯先生在北京大学讲李清照的词“莫道不消魂，帘卷西风，人比黄花瘦”的时候，只说到“妙！妙！妙！”而不做其他的解说，因为任何解说都不能比“妙！妙！妙！”这三个字更好地传达他对这十四个字所承载的诗性的感觉。一般地说，译者对于原诗的诗意有其自己的感受和微小的理解，从而在翻译的时候努力用译语传达这种感受，无论其感受的重点是张力、象征、意境修辞或其他的什么。对于诗歌译文的读者，一如对于诗歌原作的读者，我们需要像华兹华斯所说的那样，努力把自己从阅读活动中坚持映照自己的见解、自己的欲望之固执中解脱出来，伸张我们本性中所拥有的想象能力，从而达到“人性的提升”。

小说家哈代的光环，十分光亮，因为它的光亮，使得诗人哈代常常处于不起眼的阴影里，然而，这并不等于说哈代的诗歌没有光亮，并不等于说哈代的诗歌没有成就。在一定意义上，哈代的诗歌与他的小说一样贯穿着同样的人类关怀，那就是悲剧的意识，而且，在表现这一普世的意识的手法上，比小说更加接地气，更加富于平头百姓的情味，因为他的诗歌的语言，从来没有像在小说里有时不得不出现的那种贵族气。

这部小诗集取名《苔丝的哀歌》，取自哈代的一首诗，正是基于哈代诗歌的悲剧诗性特征之考虑，当然，把哈代诗歌的诗性特征，归于悲剧情怀，有以偏概全之嫌，因为他的诗歌里，如同小说里一样，充溢着西萨克斯的自然情怀，充溢着平头百姓的人文情怀。这部小集子突出哈代的悲剧情怀，因为，一个太世俗的社会，不再需要简单的乐观主义和对人的高贵之信仰，因而人类会因为既没有童话故事又没有悲剧使自己相信灵魂的空虚比外部的灾难更可怕而毁灭。[1]当然了，我们在哈代的悲剧诗歌，看不见索福克勒斯笔下的俄狄浦斯以及莎士比亚笔下的哈姆莱特和李尔式的悲剧主人公，然而，哈代笔下的悲剧人物经历和忍受苦难的方式，同样值得我们关注和尊敬，因为他们同样蕴含着令人崇敬的品质。然而，要理解诗歌的悲剧意义，如华兹华斯在一封写给兰姆的信中所言，需要“真正的鉴赏力”，因为这悲剧“不是肉体的，而是精神的”。真正的鉴赏力，需要培养，在读者和译者皆然。

哈代在他的小说《无名的裘德》援引了史文鹏的诗句：“除了自己的灵魂，人类别无星辰。”哈代的诗歌所呈现给我们的，就是要唤醒我们自己的灵魂，让这颗唯一的星辰重新照耀我们的生活。我们生活在一个“演戏”的时代，而不是读诗的时代，而且，我们这个时代的演戏，绝不同于索福克勒斯、莎士比亚甚至上个世纪的演戏，那是对艺术的追求，那是对人生的探索，是灵魂之星辰的闪烁。在现在这个“戏子”的社会，灵魂不知道为何物。戏子如日中天，他们被吹捧，他们被羡慕，他们被模仿，因为他们可以一举成名，他们可以一夜暴富。故而，俗世的人们模仿他们或是不择手段进入他们的圈子，或是以他们的方式谋财骗钱：一副虚假的面具，一张说谎的嘴巴，一颗丧失了良知的心。没有真实，没有真诚，更没有灵魂。这是我们时代的悲哀。更加悲哀的是，那些幸灾乐祸的“看客”津津有味地乐在其中，深深陷入“戏”的泥淖中而不自知：甘肃患抑郁症的十九岁少女听见的完全是

① Herbert Muller, The Spirit of Tragedy (New York: Alfred A Knopf, 1956）, 248–249

看客怂恿的呐喊和欢呼，[1] 她必须纵身从高楼上跳下，把年轻的生命埋葬在看客亢奋而邪恶的欢呼声中。在我们这个“戏子”的社会、这个太世俗的社会，我们身边到处都是太悲惨的故事，但是太多的人缺失那种崇高的悲剧情怀，缺失哈代诗歌之朴拙的真诚。当然了，哈代的诗歌不是为这样的看客所写，更不是为戏子所写，而是为守护着自己的心灵、仰望着上天的星辰之人所写。哈代作为一个富于悲剧情怀的诗人，冲破了人类社会习以为常的自我中心之幻想统一性，因而能以公正而深邃的目光审视人性中的邪恶。阅读哈代的诗歌，我们可以从中学习如何理解人类的境况，对于人类境况的理解，既是如何祛除我们本性中以自我中心的方式观看周围生活这一习惯定势，从而从一个客观的、没有私欲的视角观看世界，让灵魂在更宽阔的空间活跃起来。我想借用布莱克在《天堂与地狱的结婚》（*The Marriage of Heaven and Hell*）中的话语，总结哈代在诗歌中沉思的问题：人类社会丧失了神圣的灵视，男人和女人堕入了物质主义横行的状态，彼此疏离，没有精神的交流，不知道什么时候人类才能觉醒，重新获得男女共有的神圣人性（Divine Humanity）的身份，并且认识到，这才是人类固有的本性。

这里，谨抄录哈代的小诗《致真诚》，以表示对保持着人类固有的本性、保持着真诚、守护着自己的灵魂之人的敬意：

---

① 2018 年 6 月 20 日，甘肃庆阳一位年仅 19 岁的女中学生李某奕从当地某百货大楼 8 层玻璃幕墙外坠楼身亡。警方和消防队员设法营救的时候，地面围观的人群中竟然有人高喊“尼玛呀，楼下好热的，快跳啊！”“尼玛，你到底跳不跳？……跳吧，骚年，一跳解千愁”。6 月 28 日，上海徐汇区浦北路发生无业男子持刀砍伤三名儿童一名妇女事件，致两名儿童身亡，竟有网民发帖“砍得好！”。真是禽兽不如。

啊，真诚多么的甜蜜！
现代手段实施的地方，
哪有你的存在和场地？

生活悲惨得无以言表，
绿色永远被雾霾笼罩，
信仰腐烂被埋入尘土；

年轻人可能已经预晓，
成熟的季节已经表明，
习俗喊道：把它扔掉！

说你快乐，尽管悲伤，
相信，尽管没有信仰，
不曾睁眼，已经看到！

真实事物愿人们关注，
明白的事物审视凝目，
失宜的事物学会承受，

真理会修正外表现象，
事实纠正对它的预判，
生活是生命最强能量。

袁宪军

2018年7月4日于北京甘露园

在幻境中我徜徉

在幻境中我徜徉闪烁的穹苍，
光芒如此炽烈，茫茫夜色消亡，
似乎对炫耀的星斗充满了敬畏；
感觉我的灵魂一直在向前游逛，

无劳双足即已横穿可怖的太阴，
至无垠无际的穹庐最后的芸窗，
最明亮的星辰迷失在我的眼睛：
地球上任何地方都是家的温馨。

你若远在海角，我会伤怀怆恨；
你若近在眼前，我便感激酣畅。
你或许已置身某个陌生的天球，
成为我一个谈不上渴望的渴望，
一日复一日我不知晓也不关心，
是什么深锁在宇宙，沉默感伤。

1866 年

晤见绝望

暝色临降，我处身茫茫荒原，
　闭上双眼，凝望无限：
苍凉灰暗的土地，轮廓贫瘠，
　恰似一连串痛苦的回忆。

这景象犹如我的生活，我说，
　那里是无数的伤感怛惙；
命运给它涂抹了沉闷的色调，
　四面八方没有任何光照。

我仰天瞻望，突然一阵欣喜，
　映入眼帘的是鲜明对比：
天际边斑斑云霞闪烁的光辉，
　我想，任何地方有抚慰。

我站立在那里，痛苦的自怨
　无声无息地给予我自己，
多么固执，如此误解了良善，
　它寓于丑陋的违背常理。

地平线上那隐约可见的圆轮，

形状奇特的人影立起：
他令人失望，令人胆战心惊，
只能感觉而不能看清。

那是个死亡之地，甚至光闪
也彻底消失！怪物开言。
仰望苍天不是这样，我反驳，
急切地表达我新的发现。

是的，不过稍等片刻！呵呵！
你现在再看，看到什么？
我再次仰望。到处一片夜黑，
使我振奋的光辉一去不回！

茂年的热情

我们已度过了那段时光，
旌旗和鲜花快乐地荡漾；
我们言道：去吧！韶华
不待人，让我们来欢唱；
热情奔放，嘲笑着忧伤，
不知晓本来没什么可笑。

羞怯的鸟儿羁留的地方，
注视着我们，十分诧异；
我们的情绪它们的友谊
相遇：“我们会常来这里！
清晨亭午向晚任何时辰！”
我们坚信我们会再莅临。

我们凝望着奇特的光芒
跳跃在枝叶上形成樾荫；
有一道神秘的绿色光线，
那是为了它自身的欢欣。
“我们也要建这样的家园！”
随着夜幕希望也会消散。

这里真美好，我们说道，
无言的故事也曲尽其妙，
我们的思想也趁着和风
在这里相会并和衷化融！……
语言经过了思想的门庭，
绝不会到达这里的幽静。

她的名字

她的名字古老的两个字母，
我写在了一部诗集的页边；
她似乎是光辉思想的局部，
那位歌手狂喜放歌的乐段。
现在当我翻开那一张书页，
不朽的光芒仍然亮闪闪，
但是，从她的名字的字母
往日的华彩早已消失谢殂。

1869 年

她的窘境

黯淡的教堂里两个人默默无言，
教堂发霉的墙壁、不平的路石，
损毁的雕刻见证了古代的研探；
没有任何声响打断钟表的单一。

身体依靠着被蛀坏的罂粟花饰，
脸色苍白虚弱得几乎不能站立，
他已是气息奄奄，轻轻地言道：
说你爱我！久久地握着她的手。

她甘愿放弃一切说出那个字眼：
他的生命似乎悬挂于她的一念，
她说了谎言，心里把自己说服：
暂时的善良，值得灵魂的付出。

这悲伤的乞求，在他弥留之际，
却这般嘲弄人性，她竟羞于珍爱
一个这样的世界，亦耻于点滴在意，
造化竟会把这样的窘境来设计。

1866 年

剧　变

诚然我徒劳地熬着夜构思着词语
用拥抱和亲吻束缚住未知的精灵，
在茫茫的深夜一个感觉赫然出现，
不思念之人的芳心最好不要获取。

赢得爱情，我们也赢得失去之险，
而失去爱情则如生命被撕碎一般；
要割舍业已得到的盈余部分，
像侮辱一样切肤、虐待一样噬心。

那么不要让我感觉那致命的喜悦，
因为它蹂躏因爱而憔悴的求爱人，
热切的希望之炽烈的纷扰和寒冷，
让失望的目的悲痛得更加难隐忍。
愿交合定律我一生都不需要完成，
我内心的书案没有记载女人之名。

1866 年

她致他

一

当你看见我处于岁月的艰辛，
备受称赞的美貌已离我远逝。
我的眸子已不是耀眼的星辰，
忘却了无忧靓丽的少女名字；

当你的情感让步于你的理性，
判断力回忆起我珍藏的娉婷。
尽管它的过程你几乎不知晓，
你却烦恼它们竟已如此凋零：

我的记忆是失去而不是失误，
“时光”那猎手仅仅盘算杀戮，
知道我在灵魂里是一模一样，
她会不惜生命宽恕你的恶行！——
你是否不会赋予往年的柔情：
友谊之手扶她走下生命的山岗？

二

或许，在我身殒以后很久很久，
另一个如我的容貌、声音和思想，

将会使你回想起我的所言所说，
也让你记起你的爱情如何消亡。

你或会停下，心想“可怜的姑娘”！
对我一声叹息，是充分的回报，
一个人把她的全部都给予了你，
而你的回报尚不如债务的据契——

你这么想着，你将永远看不见
你稀薄的思想用两个小词表现，
对于我绝不是转瞬即逝的幻象，
而是我整个一生在舞台上出演，
你在它断断续续的化装舞会上，
一个念想：如我在你的一生一样。

三

我将始终爱你；我将爱你始终！
死神将带我离去，眼神很纳闷，
自从最后一次道别，他还未曾
发现凭权限要安排的定居之人。

这里，我不用关心朋友、亲人，
或温柔地与我相处的青春少年；
在我的时光里遇到的幸福人们，
他们经营着爱的宏业，我似乎

麻木，一如风向标蛀坏了中枢，

在蛀虫来之前忠诚于风的亲吻：
被现在的灵魂唾弃，他们宁肯
记忆与心灵扯断，生活为宏愿，
我往日显示魅力的伶俐已消失，
没有任何爱的痕迹能让我凝睇。

四

这个爱情剥夺了我全部的人性；
我只能诅咒她，祈祷她快快死，
因为给予你爱并得到你的柔情——
餍足了否则会餍足自己的心灵！

我不知晓多么的爱，全部生命
仅仅是我为爱添加的一个单元；
我只知道我的生命即你的生命——
凭着狂喜因为分离而融为一体。

这样我抓住你的丰富，至于她，
放开手，尽管茫然的眼睛相助；
难道你会因而恨我深深的嫉妒，
毫不介意地凝睇我深藏的情意？
相信我，失落之人，爱更可爱，
倘若以自私的方式把呻吟塑裁。

1866 年

小　曲

在小山的脚下有一只雏鸟，
　　练习着飞翔，
周围饱经风吹日晒的岩壁，
　　遥远的地方，
离开了整齐的房屋一排排，
头生的牛犊在树荫下吃草，
住着一个姑娘：没人聚集，
没有商人叫卖，也没人买，
　　她居住的地方。

在那个买卖纺织品的市场，
　　"她就在这里！"
似乎是刻写在四面和八方，
　　写在我的心。
对于朋友以及点头的邻居，
对于辛劳的人命苦的乡亲，
他们与我一样多次地看清，
任何明白的传说都没讲述
　　她哪里居住。

我该不该沉浸于我的过去，

我们相遇前；
（这样的事不会再来，原因是
一些已忘记，
让我杜撰吧）没人会留意
我所认识的她到底在哪里
施展了古怪而衰老的变术，
就像一眼井迅速地变干枯，
她居住的小屋。

我为了感受一定是接了吻，
我爱得真诚——
在别处，我不会完全失去
我全部的一生，
倘若我从未漫步中走近她，
那真是一个剧痛——剧痛！
一想到她——跟我一样——
她根本就不在山谷的那边
她居住的地方。

而挚爱，垂下了她的目光，
是为了记起
我们都是无情的命运女神
无自由的仆人。
我仅仅发现她在那个样子，
行走在我流浪的路途，不知
我并没有走出那一个地方，
地球上没有能超越的地方，
她居住的小屋。

居 民

太阳从一个跨越到另一个山顶，
我仍在沉思着即将发生的事情：
最后我寻找着通往西面的大街。

那摇曳的火苗辉映在窗格窗饰，
照我疲惫的面孔勾勒朋友的身影，
好像熔炉的火焰被压住了喷起。

“我有她的消息，”他说，“且听。
今夜残月刚刚露脸他们便离去：
咱们走着瞧：两股正直的推力

将结束她和他充满激情的幻梦。
咱们走着瞧，要证明你是错的，
或许要加强。法律使计谋神圣。”

我们沿着石路走，我很是吃惊；
直至我说道，“既然情况是这样，
我会完成，独自地，我要坚强。”

宵禁后三个时辰，甫卢家传出

唑唑声音，穿插着商品的声响，
一会儿从普托传到吉伯的地方。

我穿过了庭院，爬上了小山岗，
站立在墙下。钟声敲响十一点，
他们来到了门旁，从相反方向，

聚在一起非常紧密，我不得不
斫下举起的刀锋，以便让他们
两个魂灵松弛地朝向广阔穹苍。

可是我的手被抓住。“就一会儿，
祈祷的工夫，你们的人头落地！”
这时他们看见了我。她的目光

随着一声爱的呼唤迅速地释放
于她心中的王。还从未向着我
她抛下爱情的眼神如此地深深。……

即刻卫士般她柔弱的身体扑向
他的身躯，冲着我复仇的誓言；
以不可阻挡之势，她把他保护。

这样的爱，我不由得呆滞茫然，
月亮从山岗的边际缓缓地露出，
我伤感的心思滚滚流动：“我愿

为她遮风避雨，愿做她的丈夫，

我不过是这对情侣放肆的暴君！
耶稣说道：己所不欲勿施于人。”……

我把钢刀抛向了树丛，命令他们
留下，似乎思维、我的情感
被动无主，他们跟我走上了台阶。

房子里无人注视；我们继续向前，
走向一面镜子，借它的光亮阅读
她的美貌，他的；——我的邪恶风度；

直至她的房间我把身转。“夫人，
你是否有这项资金？请你讲清楚。
爱情填不满柜橱。你需要食物。”

“我们一无所有，而且也不寻求。
若趁您不备掳夺钱财我该多卑贱；
我们用双手挣得每日微薄的薪酬。”

接着我见她堆起她珍贵的细软，
包在一个包裹，还有她的钱包，
她的首饰，她自己常戴的项链；

她穿着粗布衣。她容光焕发，
我递给她金银，递给她首饰，
把她最精美的衣物放在他手里。

我会把你们带到城墙的大门，

然后说再见，我说道。“朋友们，
散了吧。”她走了，走出我的记忆。

正如站立在拱门下面，我看见
月光下他们的身影，奇迹一样，
慢慢地走下山坡，消失在果园。

傻瓜，有人会说，我想，可是，
除了上帝，谁能掂量我们的行事？
你可击中了要害？林中夜色一声叹息。

那是我的朋友。“那是自不待言。
他们走了，可是带着不治重伤。”
“还不致命？”“苟延性命——更凄怆。”

莱比锡

一八一三年

地点：卡斯特桥老船酒馆客厅内。傍晚。

老迈的诺伯头戴着蓝帽扁平——
　　据说是一个德国人——
为什么把烟斗放在你的膝上，
　　你的眼睛眨个不停？

啊！我想念我的母亲泪沾襟，
　　她的容颜她的声音，
她常常咏唱，而且单脚跳舞，
　　手里拨弄着小铃鼓，

伴随着街头琴师弹奏的乐曲：
　　如同她听到的军号，
她说是一样的声音，当盟军
　　把她的家园放火烧。

我的父本是一个德国轻骑兵，
　　在莱比锡我的亲娘；

战争结束的时候他把她拐走，
西萨的小伙把我养。

随着我长大，一次接着一次
她讲述战争的恐怖，
她的青春以及莱比锡的战役，
以及一切受难悲苦！……

那是个惊恐的时代，三个人
联起手对付一个人，
仅凭着数量的优势，单对单
他们谁也不是对手。

施瓦岑贝格占据着有力地形，
布吕歇敏捷而勇猛，
另一个是让·伯纳多特亲王：
他们的敌人波拿巴。

城市和平原都感受他的统治，
从北海再到地中海。
而他端坐在一座尊贵的城市，
曾经属于萨克森君。

十月的深露编织了它的薄纱，
铺在莱比锡的草坪；
浓郁的树叶在美丽的街道上，
夏天的正午抛下阴影。

两条沉闷的河向西缓缓流淌，
　　穿越几英里的泽沼，
在那里，一道白色闪闪发亮——
　　那就是大桥林德瑙。

就在附近的城市他忧心如焚，
　　沉思着缩水的权力；
没有了城墙，那围困的大军
　　大量减员每个时辰。

那一晚他就明天的计划陈词，
　　营火周围他的将领，
一条火带由敌人的炮火形成，
　　越来越近轰隆轰隆。

接着从周围三组三个火箭弹，
　　一声“放”嗖地升起，
那闪光似乎是他审判的标记：
　　滴血的欧洲苦不堪言。

那晚人们目睹了法国的营火，
　　平稳而坚定地烧燃；
三组人欢呼雀跃，他们看见
　　他不屑于拔营逃窜。……

五百门大炮开始了齐声发射，
　　那是翌日九个时辰；
大炮玩耍得如此疯狂和欢欣，

却撕不开人体防线。

城镇的周围，三场战役打响，
收缩着像机器轧棉；
随着百万双脚大踏步地前进，
纵队缩小了包围圈。

第一场战役靠近低洼的南部；
第二场打响在西面；
第三场的炮声在北部听得见；
法国人被阻止了应接。

顶着第一个阵线皇帝很巍然，
内伊顶住第二阵线，
在第三阵线马蒙特发出命令；
就这样整日炮火连天。

五万个健壮的灵魂在平原上，
迎接黎明满怀希望，
他们注定要参与无关的争吵，
在痛苦中把命丧亡。

啊！老人哀叹道，严厉的牧师，
所谓的基督的时刻！
什么时候他们的剑能变成犁？
允诺的和平何时来？

白天开始的人和马之间的倾轧，

没有随着夜晚而停下；
翌日的军队无论后面还是前方，
越来越多地奔赴战场。

从城楼里望去，那盟国的军队
排列成行，闪着光亮；
那边宽阔的平原传出了低语声，
似乎是松林里的风。

“凭着数量的优势，”他嘲笑道，
“挫败弱者倒是很好！”
“我只要他们三分之一的兵力，
就会让他们下地狱。”

整整的一天狂怒的战火不断，
又降临沉闷的夜晚，
除了从一英里宽阴冷的沟壕
时而传出痛苦哀鸣。

英勇的内伊受了重创，伯特兰，
胜利者，还有奥格劳，
勇敢的劳里斯顿和波尼托斯基，
顶住了强大的攻势；

可是如在生命垂危之人的梦里，
出现了狭窄的房屋，
把他囚住，身体、四肢和呼吸，
等待着可怕的结局。

拿破仑也是一样，廓落寂然
　　笼罩着城镇和塔楼，
毁灭蠕动着在这狰狞的夜晚，
　　似乎每时都会到来。

一条路通往后面，另一条路
　　是命运的反复无常；
那是普雷斯和艾斯特的流向，
　　通往大桥林德瑙。

第十九个黎明。街道和广场，
　　疲惫的法军后退了。
长长的队伍遍布了整个平原，
　　足迹留在了大桥上。

当地面的尘土纷涌到了天边，
　　石块、人流，似乎
墓园里众灵发动了一场叛乱，
　　掘开坟墓从地下出。

林德瑙大桥被炸向了天旻，
　　溃退的兵团脚碰脚；
成群结队的士兵一头栽进
　　艾斯特沉闷的水流。

林德瑙是一个深壑，死亡者
　　何止是成百上千个；

每一次激流漾起红色的涟漪，
　　元帅和士兵的鲜血。

机智的迈克道纳拼命地游泳，
　　好不容易触及岸边，
波尼托斯基一脚把他踹下去，
　　他再也没有露出脸。

他们仍然在冲突，其余的人
　　乱糟糟奔向了莱茵；
就这样，莱比锡城敲响了
　　帝国将灭亡的钟声；

马队的行列，伴着鼓声和刀刃，
　　来了国王、元帅和大公；
城市属于他们。一个纯朴的女人，
　　我的娘目睹了这种种。

每当大街上传来这样的响声，
　　我就想起她和那场景。
她所讲述的盟国进军的号角，
　　还有她拨弄的铃鼓声。

她的死及以后

召唤的讯息急切：我动身前往——
沿着西墙匆匆忙忙，冬季夜晚
是如此地恐怖，我寻找着门房，
　　恰巧在那里
　躺着我的亲人，一息奄奄。

那里我停了下来，她的房屋旁，
树木把灰白的阴影抛在我身上，
我思想着那个人，留下她独身——
　　他在我相爱时，
　很久前，使她成为他的人。

里面的房间闪烁着微弱的灯光，
家用的物件很清楚，没有损失；
从楼梯的方向传来婴儿的哭声，
　　一声高一声低，
　她的出生使她这样地病重。

她甘愿为那哀鸣付出她的生命——
为了那个她并不爱的人的孩子。
“永远不提这事儿了，”我说道，

并且举步上楼去
走向上面的卧室。

她用瘦弱苍白的手握住我的手，
微笑着表示感谢，尽管看不见，
似乎是个征兆她要离我们而走，
接着巍巍颤颤
良久才尽力张开了口。

“见到你，我走之前，他会悲愁，
我的时日不长，很自然的事情，
当死神临近的时候，它就催促
一切激情的感受，
男女之间就像这样一般。

“我的丈夫不在，一如在此之前，
这个城镇滞留了他。可实际上，
他心地并不好。这无人可埋怨，
可孩子不健康，
希望她得到他的悯怜。

“原谅过去的日子，我只能到此；
如果是我们成婚，你也会抱怨！……
我对你不好，得到了恶报。再见！
对你讲个实话，
但愿那孩子是你和我的！

“作为一个妻子，我完全地纯洁。

我颇为不安，倘若时间会倒流，
我会让她是你的，让你来照顾；
　　承受着流言蜚语，
　　那是罪责的惩处。”

我离开的时候，那摇曳的树枝
瑟瑟响，似乎把她的坦诚称赞，
另一个是我。她的话毫不含糊：
　　说得平静说得难，
　我觉得一生可以活得翛然。

翌日的夜晚她命赴黄泉；葬礼——
举办在拥挤着土木工程的坟地——
她丈夫窥视着。他的照看了结，
　　我却常常去，
　并在她的墓前沉思。

整整那一年，以及接着的一年，
我总是朝那里走去，在黄昏里；
她及有她的角落，人们已忘记，
　　而她的丈夫
　带着新人进入了那房屋。

谣言传来，那可怜多病的孩子，
她为了她多么渴望是我的女儿，
新的太太已经有了自己的子嗣，
　　受到了虐待，
　那标志着未来更加严厉。

更惨烈的悲痛在我的内心搅动，
自从她我所珍爱的人怛化殒命，
我的灵魂弥漫于她的魂灵之人，
孩子受到虐待！
可是我却不能僭越插身。

一天傍晚，我站立在那里思忖，
石碑的庭院，我沉思她的屈冤，
她的丈夫走近，我走过了坟茔——
为了避开与他见——
在我心中神圣的她的丘陵。

我走到对面竞技的圆形广场，
罗马帝国留下的憔悴的迹痕，
那里异教的回声在嘲笑我们
基督教的钟声，
白色和土色场所空洞。

从人们曾聚集的巨大竞技场，
太阳几乎不移开金色的光芒，
她的夫走过来，鞠躬，移步，
嘴唇向上翘着；
停下来说道，脸色阴郁：

“传言说你常莅临我前妻的坟；
她的生前还是死后，我给她
贞洁的名声。我有权要求你

做你的事情，
不要再考验我监视的耐心。

“我认为，人死后也有其尊严；
为了她的尊严，还请你远离；
对于我的第一个孩子的娘亲，
你不太敬钦！
先生，我的话到此为止。”

那话里我察觉到一种丧心病狂，
上帝宽恕或者不宽恕信口雌黄；
她曾叹息、她曾希望她是我的
（免得她夭折），
我说道“我就是父亲。

“你认为是你的，也是人之常情；
远在你之前，我拥有她的婚誓：
你知道，她召唤我在垂危之际，
那是真正的忠诚。
先生，我的话到此为止。

“除非，你会把我的小女儿给我，
我要带走她抚养，免得你劳辛。
你把它当作是一个友善的行作
我是个独身，
一大家人要支撑。

“如果你拒绝，我们就付诸刀剑——

今晚明晚，任何你方便的时间——
我们就这里见面。认真想一想，
在合适的时间，
让我再听到你的决断。”

我离开那里，抱着希望；可是
我没有任何孩子的消息，直至
一天我听到了一个弱小的声音
在我的窗扉，
模糊不清，说得很天真：

“我的爸爸并非我的父亲传了话，
要我留在这里，先生，我的家！”
接着是个纸条：既然那个孩子
是你非法的果实，
请带走她，把错误纠正。

如我所愿！我赋予了孩子父爱，
孩子亦爱我，疏离我们，没门。
可摆脱不掉内疚：伤害了死者，
因为我的辞舌，
为了生者生活得快乐。

可是，上帝知晓，我犯了罪过，
我如此爱的女人，名声受伤害，
或许，这为了她的女儿的福祚，
她会宽恕我，
但愿她知道！

菲尼克斯的舞会

走向杰妮的是文雅的青年，
　他来自海岛孑然一身，
他的爱情如苹果一样新鲜，
　他的举止、他的语音，
他向她求婚那么彬彬有礼，
　要她成为他温柔新娘，
　他将永远属于她自己。

杰妮此前生活难说是淑贞，
　卡斯特桥没几个女人
经历了比她的更多的爱情，
　接触的人种种，其中
有国王骑兵团的战士骑兵。

他们骑着战马，挥着马刀，
　掀起了比斯开湾浪潮；
而杰妮钟情于农村的青年，
　他为了爱献出了一切。
如他们结婚，她发下誓言，
　是他的妻子一心一意，
　从新娘的喜酒到坟山。

他们结了婚。她那位夫君
　对杰妮的信任无限界，
而杰妮保持着正直和纯洁，
　恶意的中伤也不能
作用于一个如此正派的人，
　伴侣的职责如此尽心，
　她没有任何邪恶行迹。

生了两个儿子，长大成人，
　通常一样开始了流浪：
杰妮又一次处于孑然一身，
　一如她的心灵在找寻
家庭欢乐的慰藉以前那样，
　一如这对消失的男孩
回来温暖她的小屋从前一样。

杰妮的岁数已接近了六十，
　她走到哪里也是老人，
有一天她不无兴奋地惊悸，
　因为听见了欢乐呼呵，
马刀的闪光以及鼓乐穿云，
　早年的爱人从战场归，
　是国王骑兵团的战士。

她转过身去，低下了她的头，
　在圣彼得教堂的门口；
“哎，那强压的念想，”她说道，

“我风烛残年白发苍苍，
可那些声响，它们让我激昂，
那些快乐的人让我年轻，
就像他们过去一样。”……

那是圣诞节，菲尼克斯酒馆
点亮了小蜡烛细且长，
骑兵团三十几个骁勇的战士，
郑重宣告把舞会举办，
像曾经的那样（是一个传统），
在波拿巴王朝覆灭前，
就驻扎在这个小镇城。

那夜晚热闹的“士兵欢乐曲”，
明快的步伐和节奏
“快乐的小伙”“害羞的少女，”
传入躺卧的杰妮耳中，
身旁是她的夫君；她热血沸腾，
似乎是洪水流过她全身，
把岁月沧桑一扫而尽。

她起身着装，把自己来打扮，
那灰白的头发编绺绺细编；
帽子上装饰红色蝴蝶结两个，
急匆匆用别针固定住；
踮着脚尖她下楼走到了街道，
随着乐曲她疾走慢跑，
酒馆的门口停下了脚步。

除了那舞步，没有别的声音
打扰这寒冷的空气；
没有打更之人在子夜时巡游，
也没有旅人在这里走；
在这个诸圣日，随着那乐音
闪动着天狼星浩浩煌煌，
北斗七星在一方排列布阵。

她敲了敲门，然后迈步入进，
高高的军士把她拦阻，
“嘿，老大娘，您要到哪儿去?
这可是私人的舞会。”
“没有人比我更有权利入进，
在你生之前，年轻人；
骑兵团的人我全识认。”

“别错看了那位夫人的莅临，”
管事开口道：“你看，
我们还没有足够多的舞伴，
请你允许她进来。”
他们抓住她的手转个不停，
杰妮觉得她又回到
那个迷乱的年代。

夜晚留不住，时辰过得迅疾，
她步履极快好像在飞；
每一次而且总是她进入舞池，

吉格舞或者环形舞，
她蹲下又起身，她扬扬得意，
（以前的舞会她曾学会
弯腰跳跃、旋转如飞）。

哟，那是她最擅长的快步舞曲——
（交叉着双手、松开旋转）——
“胜利进行曲”以及“窈窕淑女”，
著名的“迈利上校跳起”
“约克公爵”，还有“仙女舞曲”
“罗蒂大桥”（来自法兰西），
她舞步欢快，脚跟脚尖。

“巴黎的陷落”，是最后的一曲，
圣彼得的钟敲了四声，
杰妮起了身，心脏跳得怦怦，
寻找着她那沉寂的门；
他们陪伴着杰妮，蹑手蹑脚，
唯恐脚跟的踢踏响声
会把打鼾的丈夫惊动。

壁炉里的火燃烧得无精打采，
最后终于剩了她自己；
五十九个年头又一次转过来；
她浑身软绵绵，跪在
门柱的旁边，好像一只飞镖
穿过了她的胸膛，
一阵阵痛苦心慌。

她斜倚着，他们已无影踪，
启明的晨星闪闪亮，
悬挂在高地的上空，那里
一排排年迈的榆树；
夜晚将过去，从普弥山峰
到展卖场和斯坦桥，
没有一丝丝的响动。

尽管她内心中强烈的不安，
还是躺在了丈夫身边；
他疲惫不堪，而躺在那里，
卷缩在拼接的被子下，
如她昨晚爬出的样子一般，
仍在睡眠，似神经错乱，
表现出对她完全的信赖。

她转过身来看着他的面容，
坦荡慈祥，热泪滚下；
她长长的亲吻似刚刚求婚；
她选择住在他的居室。
她觉得她愿付出生命的代价
成为他忠贞不渝的妻，
而在从前她曾是……

时辰到了六点，丈夫起了床，
做活计的铁器叮当响；
瞅了一眼杰妮，仍然在睡眠，

似乎比他睡得还香甜。
仔细地观察，令他很是沮丧：
理智告诉他，昨夜或者今晨，
她的灵魂已归天。

有人说，是某种极度的紧张
这些年一直压在她心头，
导致了她心脏主动脉的破伤，
而他的信念却毫不动摇。
在夜幕降临和初日曈昽之间，
杰妮并没有离开他身边：
国王的骑兵沉默无言。

哟！现在与过去已是不一样，
漂亮的姑娘也不再那么自由；
而他们仍然是勇敢的人，
国王骑兵团的战士们。
当他们从卡斯特桥拔营动身
翻过了梅尔斯托克高高山岗，
那是最令人伤感的清晨。

我的西瑟莉

一七某某年

“还活着？”我惊奇得跳起，
　隐隐约约是我的欢喜，
青草和丛林都披上了彩妆，
　对于我到处一片荣光。

“她活着，而且生活得富裕，
　今天与往日一个样；
死者拥有那个珍稀的名字，
　那个拥有她的名字。”

她活着……我，远在都市，
　宗派倾轧热火朝天，
浪费了宝贵的青春和壮年
　屈膝拜服在偶像前，

华而不实、土龙刍狗的偶像，
　直至命运召唤了我，
我少年时钟爱而无果的姑娘
　早已经葬玉埋香。

命运星辰对之怫然的激情，
　沧桑已经使其黯然；
她离世的凶耗剧烈的震动，
　把我推向了极点。

薄晨时分我跨上一匹骏骑，
　痛苦的记忆依稀，
一直奔向西方古老的大道，
　遥远的艾克森伯里。

穿越了荒野、破废的屋房，
　我跑近高高的尖塔，
矗立在壮丽的普尔教堂上，
　垂老的主教亲眼见；

我更换了气喘吁吁的坐骑，
　我横穿了丘陵草地，
那里酋长首领灰白的坟墓，
　兀秃秃没有一棵树；

满怀着悲伤，我继续向前行，
　沿着爱西尼的大道，
苍白的带状在西萨克斯蜿蜒，
　两边是梯田和草原。

穿过了喧嚣骚动的竞技场，
　那里罗马军团曾聚集，

那里水流缓慢的河映照着
蓝莹莹的穹苍；

旁边古老的维特伯里城堡，
从这里走过卡斯特桥，
我继续前行，为了把她葬，
心灵的视力孱弱白苍。

夜晚的风没有吹来行人踪影，
我，如此厌倦了生命，
却吹来了绞刑架的吱吱响，
或者，马车夫的吆喝声。

南边三重防护的梅顿城堡，
在上方惨淡淡灰蒙蒙，
北部山间的要塞埃加城堡，
还有普摩雷的正方形。

我走过了九柱的巨石结构，
艾科瑟及奥特等河流，
来到了艾科瑟河汇入大海
这座城市的大门口；

接着走到教堂的墓地停留，
我获悉，刚才大教堂
刚把最后一首摇篮曲咏唱，
并不是唱给我的情人。

“那么，牧师的那个女亲戚，
我以前的朋友在哪里？”
我问道，抑着心脏的急跳
以及突如其来的惊喜。

“她结了婚。”“啊?”“下嫁了，
她开了一家驿站旅馆，
在大道旁边，离这里十里，
众所周知的三狮酒店。

她嫁给了一个跑堂，没办法，
要不结婚，要不更糟；
对于一个这样出身的女人，
这一段时光太怆愀。”

我很是揪心，没什么言语，
缓缓走到月桂树荫下，
她生活中反讽的这些消息
比死亡更令人惊惧！

我上马奔驰，继续向前行，
在三狮酒店短暂留停，
她，她的名字像一把钥匙
曾经开启了我的心扉。

我偷眼看一下，亲眼看见
她与招待员插科打诨；
她的脸色因喝酒而红扑扑，

招呼客人浓重的口音。

“上帝！为什么是这样的戏谑！”
我内心痛苦禁不住说；
“啊！我曾经的爱，难以忘却——
这么地珍视，原来是你！

“埋葬但平静的、失去但封圣的，
是我所能获得的伤心；
被剥夺了！对于基督的信徒，
这样的判决多么残忍！”

我沿着大道往回走，可是
没有经过那个酒馆，
里面，我的爱之太大的讽刺，
是时间机敏的答辩。

沿着罗马军团行走的足迹，
旁边是史前巨石结构，
梯田以及酋长首领的窀穸，
茫茫荒野中自言自语。

我心中有一股潮涌，坚信
她不是我深藏的挚爱，
她属于高原，在她的梦境
仰卧着欣喜欢快。

从那个时候起一直到今日，

我劝说自己那是真事；
死神彻底地偷走了她的青春，
她的可爱、她的纯真。

神智不爽，觉得有人召唤，
或许是这样。梦幻中
珍藏亲爱的西瑟莉，远比
拥有她的堕落更贵重。

还有，我觉得真是不应该，
仁慈的苍天竟然这样
设计安排——她的毁坏，
以及我的痛断肝肠。

故而，免得打扰我的梦幻，
决不再走西行的大道，
甚至在现在，乌鸫和蜜蜂
小山包上唱起了歌声；

我昏睡中半梦半醒，觉得，
她安眠于教堂的空地，
她的灵魂如青春一样纯真，
那时我们是一双璧人。

她的不朽

正午时分我徒步经过
　一片牧场连绵几里，
来到了旧地，在那儿
　已故萧娘莞尔解颐。

愀怆伤心我躺在地上，
　头枕一块隆起草皮：
我的身躯似乎就压在
　她的脚踏踩的草地。

我躺在那里心中恍惚，
　她漫步来到我身旁——
与从前的她一模一样，
　眼睛闪闪妩媚真挚。

“你拉我，我便依着你，
　我的玉郎。”她开言，
她的声音如此地动人，
　一如她结婚以前。

“我离世已经七个年轮：

很少有人把我想起，
丈夫抱着另一个新人，
她是我孩子的娘亲。

我的朋友和兄弟姐妹，
把我忘得彻头彻尾，
直到我离开身殒病殁，
才知道谁最珍视我。”

“我的日子很寂寞孤独，
我需要看你的笑颜：
舞会或刀山，而今晚
与你一起绝不分离。”

她的柔唇微微地颤抖，
那是为了把我劝阻：
“那不可能，我的朋友，
你忘了我是个魂幽。

“然而在有情人的心中，
是永远不朽的幽灵；
活着，我让你有生命，
死了，做你的鬼灵。

“我唯一的生命力在你，
持续的甜蜜在这里；
我完全信赖你的衷心，
无论天长还是日久。”

她的约定让我很惊异，
　我向她表白得突兀：
抛去了对生命的厌恶，
　我向往苍白的失意。

“我不会死，我的唯一！
　为了延续你的日时，
我必须小心不受伤害，
　搬开任何大小障碍。”

她微笑着离开，此后，
　月亮升起她常莅止，
或者季节交替的时候，
　或者在周年和生日。

而我的悲伤从未停止，
　凭着我她永远活着，
结束了生存她的灵魂，
　再也不是她的自身。

致自然

我想你的时候呈现你，
当我早年间追寻你时，
　　嘲笑着预兆，
　　坚定着信心，
唯一的大爱创造了你——

为了我快乐创造了你，
你的设计是一种方式，
　　为的是阐释，
　　为的是推理，
人们欣赏美好的事物。

啊！仅仅为了那一刻，
享受苍天古老的赋予——
　　光明是为了
　　快乐地看你，
看彩虹那光鲜的赋予！

然而这样重复的装饰，
岁月以轻蔑予以禁止——
　　我看到的事情

　　不是原来样子，
它们曾存于我的晨曦。

你枯萎凋谢光彩尽弃，
一切笼罩着黑暗昏沉！
　　先前的甜蜜，
　　温柔与明媚，
全都不会再次被唤起。

为什么不能持久永恒，
你和我？我们的绮年
　　永远如苍松？
　　光阴在荏苒，
今朝已去，无影无踪。

林　中

源自《林中居民》

苍白的桦林和青翠的松树，
　　生在同一片沃土，
枝叶连着枝叶，难道不能
　　生长得更加长久？
当豪雨飘潇而至的时候，
为何损害甜蜜的袍泽之谊？
因为近邻滴落的有毒液汁
　　而凋谢萎靡？

心脏患重病，精神是残疾，
　　受城市的压抑，
故而来到这片芊芊的丛林
　　像家一样温馨；
梦想着自然界林木的和平
会赋予我那被剥夺的宁静——
对于一颗骚动不安的心灵，
　　自然是温柔的解逸。

然而，一旦进入了这茂林，

参天的古树和矮矮的灌木，
　　对待人类如亲人——
　　全是勇敢的兵卒！
槭榕树与古橡树肩并着肩，
相互缠绕护卫着弱小树苗，
常青藤编织成笼头和缰绳，
　　束缚着粗大榆树。

白蜡树，啊！柔韧的树枝，
　　似乎轻蔑地刺人；
还有你，不畏严寒的冬青，
　　躲闪着旁边的荆棘。
甚至茂密葳蕤的杨树呈现
一幅竞争的样子好不得意，
倘若要被其他的树木超越，
　　绝望中生疮溃烂。

既然有些树木并不能教导，
　　使我体面和优美，
故而我回身转向我的同类，
　　他们同样地卓然。
至少他们拥有动人的微笑，
他们悦耳的话语回响遥遥，
在他们那里我们时而发现
　　生命的忠诚崇高。

1887 年

致一位女士

因作者的一部书而愤懑

既然我的书籍被放逐，或许，
注定不再打扰你舒适的书案，
或如迄今为止赢得你的赞誉，
振奋你对我温存的衷心誓言：

了解到你有天生的接受能力，
我猜想，一如烛火驱逐黑夜，
我严肃的形象因被毫无正义
恶意歪曲，在你失去了位置。

情况就是这样，我隐忍如是。
让你的梦以及我的希望冰释，
让它们的间隙闪露得意之物，
直至我在阵阵光芒向你显示，
然后是在遥远和短暂的逗留，
然后终止。真理永远是真理。

致失去母亲的孩子

孩子！你只是亲爱母亲的一半，
你本应该是她的全部，
我在你的光比在其他人更灿烂，
她会重生在我的心中。
可是吝啬的自然拨弄生育算盘，
阻止，免得她太欢欣，
在寥廓的大地把爱进行着更新，
材料从来就不用合金。

那位夫人没有遗憾，我的姑娘，
爱和丧失与我的一样；
不要对那记忆的负重表示同情，
仅仅对于无常的眼睛。
至于自然那机械性的艺术技巧，
我的梦想她全不知晓，
这就是为什么我希望你能够是
那“唯一”的独生子。

大自然的疑问

黎明时当我骋目四望，
池塘田野飞禽和森林，
似乎都在朝着我端详，
像学校里纯洁的孩子一样安静；

他们的脸庞沉闷紧张，
好像校长严格的纪律
于教学活动贯彻日常，
约束着他们直至热情丧失殆尽。

他们只能悄悄地私语，
似乎曾经清亮的呼声
仅仅成了空气的流动：
我们为什么在这里，我们吃惊！

难道一些是极度低能，
强大的实施建构交融，
羸弱之人只能作奴仆，
创造为了嘲弄，让我们处于危险中？

或者我们自动地产生，

对我们的痛苦无意识？
我们或是神力的残剩，
在垂死中堕落，丧失了大脑眼睛？

或是高层设计的临降，
超出我们的理解能力，
邪恶遭到善良的袭击，
现实无情地跨越我们凄凉的希望？

事情本就是这样，我
没有答案。疾风凌雨
以及大地古老的忧虑，
万古如斯，死神和生命是好邻居。

新娘之夜的火

西萨克斯的一个传统

周日他们常见面，她的爱和他，
在欢庆日、五月节以及高地舞，
她与一个表叔住在一起，而他
凭着日月发誓，她未来的夫君
是奈伯斯威利，腿脚不灵的人，
他喝酒的乐趣远远超过了喝茶——
他做个生意，给人们搬运货物。

她喊道：可怜我吧！他不理睬；
她泪如泉涌，还是听了他的话。
当他故意地躲避她，她就责怪：
季节越来越近，就告知了牧师，
教堂的道坛上写下了两人名字，
要把他们做成侔色揣称的一体。

婚礼的日子刚破晓，露出曙光：
两个人站在一起，新郎和新娘；
傍晚已无了踪影，子夜也消逝。
热闹的人高唱“上帝护佑国王”，

不久新人起身走向他们的洞房。

她的情人蒂姆伤心得不思茶饭，
就这个样子他心爱之人被夺走：
他蹒跚在黑暗的田野山岗湖边，
不知不晓，他走到一个房屋旁，
它属于搬运工，属于他的心爱，
灯笼的光亮正引着他们走过来。

新娘走近房屋，平静但是苍白，
一个北方人会认为她刚离了婚；
然而于曾经在节日见过她的人，
像袅袅的白云，血红战场的幔，
那副面容言说着它背后的灾难。

那新郎为自己倒了一杯白兰地，
接着趔趄着靠在墙上喝个不停，
恰在这时烛花点着了稻谷稗子，
火苗蔓延开，火焰红红有气势，
绕着房梁烧着芦苇顺着烟囱嚎。

远处的蒂姆看到火光大吃一惊，
他拨开了杂草和灌木赶紧前行，
他一直来到庭院，蹲在果树旁，
免得被人看见，吓得牙齿抖颤；
仅仅穿着睡衣以遮挡她的困境，
他年轻的芭柏莉出现在他面前。

他看见她小小个子半裸着身躯，
遭受凉风的刻意戏耍任意玩弄，
她娇滴滴的金莲，十个脚趾头，
全都赤裸着，沾满深秋的寒露，
一双惊恐的眼睛，头发乱蓬蓬，
好似星辰照射透过缠绕的树丛。

她看见了他，就像决堤的洪水，
刚才因恐惧而阻拦的她的眼泪，
呜咽着喷涌而出，似一阵雨水，
一直到她倾泻泪水的力量白费，
因为她所承受的不幸着实不轻。

啊，蒂姆！我的蒂姆，我必须
这样称呼你！我的命运真凄惨！
能否帮助曾经相爱的人，虽然
曾行为不端？能否可怜她伤悴？
她的躯体在冷风中打颤，内心
处于寒冬的悲苦，更加地愱惏！

她继续道：我觉得会忍受一切，
我的悲哀竟是这样地接二连三；
为了口饭，竟然成了他的奴隶，
而到头来不得不与他合卺结缡，
而现在一场火烧得我没了床铺，
我再也不能忍受这样一个结局。

蒂姆的内心像一只雄狮在翻腾——
感情搅动时蒂姆有高尚的魂灵——
我还爱着你，芭柏莉，他喊道；
立刻他脱下工作装披到她身上，
急忙背起她，她把他紧紧搂抱，
像吉卜赛人背着的孩子一个样，
他用袖子把她的身体紧紧缠绑。

走过了猪栏粪堆、干草和果园，
他们直接进入了黑夜跌跌绊绊；
很快他们来到了一条茶马古道。
黎明时分他们看见蒂姆的房子，
路途上仅仅被一两个邻居看见，
他们要赶早，不在意看见什么。

细心的蒂姆在屋子里翻来翻去，
寻找着衣物好遮掩她白皙身躯；
尽管有多余的马裤和西装背心，
但是没有一件能够适合芭柏莉，
她浑身麻木，坐在椅子上哭泣：
她竟然身处这个窘境无所适从。

有一件事要做，他能做的唯一，
这就是让她换上他自己的衣服；
她只得穿上它们；当她迅速地
换衣的时候，蒂姆转身朝窗户，

心想：我的道德良心不让窥探
本应展示在我眼前的这幅景观。

他让她住在阁楼，这里把身藏，
她卷起袖子，露出四肢至臀部，
而通常她处于极度糟糕的状况，
心里清楚，她要还魔鬼的债务，
除了自然的力量如果有人发现，
她与蒂姆一起居住在他的房屋。

人们在问：搬运工到哪儿去了？
芭柏莉独自在问：他怎么样了？
每个人都在问：搬运工在哪儿？
他们搜遍了烧毁的房屋的尘土，
他们所能找到的只有一具骸骨。

表叔哭喊道：饶恕我吧，上帝！
极度的恐惧中，他开始做忏悔。
事情未完满，她尚未确信安全，
芭柏莉锁紧阁楼的门挪开梯子，
蒂姆送上来早餐、晚饭和茶点——
免得泄露出她藏身这里的消息。

这时，来了传统的烟火和欢庆，
抬着讽刺画像走过街道的游行；
人们都说奈伯斯威利已经亡故，
在这块地方善良的人都在瞩目，

他们说，蒂姆和房客应该冒险：
所以他带她进了教堂。有些人
笑话蒂姆：步了后尘。她坦言：
我发誓，这里站的是处女童贞。

作于1866年，发表于1875年

两个人

两个青年同样的年庚，
智力地位能力和出身；
在同一个学校受教育，
形成思想凭一个规律。

一个沉思了人的一生，
人生的希望以及结局，
开始把市场肮脏战争
看作一钱不值的事情。

“我要向望高尚的目标，
我要探讨纯洁和真理；
因此要改变人生命运，
让悲伤不苦痛。努力，

“并不是为了赢得赞誉，
简朴的生活容易满足，
小茅屋为爱遮风避雨，
人们的快乐是我全部。”

衣着随便，形鸠面鹄，
他工作起来夜以继日：

无形力量给卑贱事物
刻印上黄金般的价值。

有时他希望他的目标
带来他人一样的果实；
感谢上苍选了这条路，
它太遥远不能望回返。

一天他在高处向下看，
看见被他冷落的花园；
荨麻毒芹覆盖着草坪，
鲜花挨饿不见了踪影。

他内心机陧站了起来，
寻找着海誓山盟之人，
决定还回她自由之身，
免得他坠落时她毁坏。

他会见了她姿态草率，
似乎她的靓丽已不再，
说道：真爱对我如土，
不能亲吻，对你嫌恶。

他愿她对他鄙视弃绝，
以尽快结束她的苦痛；
激愤的爱会来去匆匆，
而饥饿之爱逗留久久。

之后他的灵魂出了窍，
找不回来失去的力量：
他唯一的饮食是希望，
希望破灭，衰变紧随。

长久关闭在他的房间，
没有一个知己的朋友；
嶙峋骨瘦像幽魂一般，
赤贫中就要大渐弥留……

同时另一位他的同窗，
踏上追寻财富的征途；
他喜欢做市场的赢家，
讨厌勤奋工作的辛苦。

他转去寻找秘密洞藏，
衣冠不整，蓬头垢面，
日复一日躺在那里想，
不做事情也生活穰穰。

他言道：我有个宏谟，
不过先借给我点口粮，
等着计划出现了结果，
你跟我一样金玉满堂。

可他们都不那么大方，
看不见利益不会慷慨；
既然他的家底已净光，

不得不起身做点事忙。

夜里他去见了他的恋人，
说道：亲爱的，我要虚脱：
尽管我值得有金币克朗，
我的忧虑不会让你跌落。

他曾诋毁了一位少女，
家族会让她衣食无虑，
让她的尊贵高高在上，
只会祈祷之人怎比邻。

可是这位玉人了解他：
他做不成那宏伟计划；
他认为状图已经流产，
心中郁闷他备受熬煎。

生活的目的如此俚俗，
所有的朋友他已失去，
他丧生在一个贫民窟，
他的伙伴也命在旦夕。

善思的道德家总结道：
尘土里来，尘土里去，
在每一个棺材里回响，
他们的作为全都一样。

1866 年

照镜子

我在镜子里观望自己，
看见肤色失去了泽润，
言道：但愿上帝临莅，
让我的心灵不再瘦损！

那个时候的我，虽然
内心寒冷但并不伤感，
茕茕孑然等待着苏息，
泰然自若，平心静气。

然而岁月却让我凄惶，
不知不觉已过了半生，
向晚摇晃脆弱的架框，
颤颤巍巍亭午的悸动。

炮兵连行军记

妻子的哀歌

1899年11月2日

一

啊！那可真是悲惨疲顿疯狂——
尽士兵所能放下的一切情感——
首先被选的危险，且不说丧亡，
现在，南海那边遥远的战场！……

二

大雨滂沱，而我们毫不退缩，
长途跋涉，走过黑暗和沼泽；
他们坚定地向前，心甘情愿，
漠视前行拉近了分离的时间。

三

庞然大炮闪闪，似乎是活物，
黑暗里张着嘴，蒙盖着黑布；
轮子湿漉漉，轮毂轮缘灰黄，
炮管静悄悄，预示景象一场。

四

爆炸的火光沉闷、阴森、朦胧，
照亮我们吻别时苍白的面孔，
我们拥抱着他们，最后的请求，
不要为了荣誉而调戏了生命。

五

深沉的叹息，模糊我们眼睛，
终于穿过了我们敬爱的拱门。
每一个女人都在为他们祈祷，
返回时沿着他们行军的路径。

六

有人说道：他们永远不会返回，
永远离开了我们。真是乌鸦嘴！
他们的路途艰难，上天会保佑，
他们会安全回来，无论多长久。

七

而声音在萦绕、威吓和嘲笑，
黑夜生命的脉搏微弱，意味
更加深重；坚守庄严的信念，
拭目以待什么是时间的圆满。

圣诞夜的鬼故事

远离德班的内陆，防线以南，
有一具士兵的尸体正在腐烂，
骨骼歪斜着弯曲着，微风里
迷茫的幽魂向着老人星悲伤——
你的同胞：我想知道为什么
十字架之人带来的和平法律
使大地喜洋洋却被如此统治，
以致不再合适而被搁置一旁？
出现了什么样的真理的逻辑，
为每个年岁粘贴上耶稣纪元？
将近两千个号衣之人急忙忙，
反而耽误了为之丧生的理想。

1899年圣诞除夕

伦敦的一位人妻

1899 年 12 月

一

她坐在黄褐色的雾霭中，
泰晤士河岸街巷的一景，
在网状的层层阑珊后面，
像一条逐渐变窄的带子，
街灯微闪令人觉得寒颤。

信使的敲门声砰砰咚咚，
飞传的信息在她的手中，
它的意思她理解得茫然，
尽管信息表述得很简明：
他已殒落在遥远的南边……

二

翌日清晨，雾霭更浓重，
邮递员不断地往往复复：
她收到一封信函，字迹
摇摇曳曳的炉火下清楚：

他的手书浑家立刻辨识：

新鲜、坚定，羽笔写眷——
满满一页他回家的希望，
计划是途径灌木的林丛，
顶着夏季的赤日和雨风，
还有他们将享受的爱情。

罹病的战神

一

在那些以战争为乐的时世，
战神督促着凡人冲杀上阵，
人们宣誓对他忠心并献身，
从以色列直至遥远的岛屿。

二

猩红的战袍叮叮当当地响，
昏暗里厮杀的集会中闪亮，
为了强奸和劫掠，用诗歌
国王们祈求他恐怖的助帮。

三

他抛洒光辉，刀剑和弩弓，
身体的疤痕、伤口、青肿：
他的光轮映照着血流汩汩，
死者的尸体覆盖他的光荣。

四

常常，古代的国王或女王，
传说的英雄分享他的光芒；
光芒立刻传播到了乌尔弗，
以及在其领地的其他领主。

五

新的光焰普照。神的肢体
已经逐渐减弱了金黄颜色；
他红彤彤的身体失去光泽，
他所留下的仅是阴影一席。

六

现代的沉思破了他的魅力，
著作家的申诉是沉重打击，
一些人犯下了可怖的罪行，
给他猩红的战袍抹了黑泥。

七

是的，新生的共鸣之种子，
由一些比他更辉煌者播撒；
很久已知，只是久被蔑视——
人类的神曹珍重友好关系。

八

灵魂中长出了先知，思想
产生了事物可悲的多面性，
把敌人当朋友，让愤怒熄火，
通过回报之礼物怒火消停。

九

现在，他很少激励战士欢然，
他们的确欢然，但印堂发暗；
他们乐于举起弱小者的手臂，
尽管他们不知道他们的名字。

十

狼烟突起，尽管狂热已冷淡；
因而偶然似乎以古代的形式，
装饰着色彩金丝他隐约出现；
而他似乎绝不是与古代一样。

十一

让人们欢欣，让人们悲伤，
这是迄今为止清明的神曹，
所听到的更为理智的颂扬；
这样的战神不再是个神曹。

雪莱的云雀

里窝那近郊，1887 年 3 月

遥远的某个地方，有个事物
付于大地信任，健忘而盲目，
它感动了一位诗人做出预辞——
一撮没有人留意守护的尘土。

那是雪莱听见的百灵的尸骨，
并且通过未来让它名垂千古——
它曾像另一只鸟一样地活着，
并不知晓它在未来变得不朽：

一生卑微，某天，它殒落了——
不过是羽毛和骨头小小的球；
它如何死亡，何时断了气息，
在哪里腐烂，同样没人知悉。

或许它休憩于我所见的土壤，
或许它跳动在香桃木的绿丛，
或许在内陆某地不远的山岗，

葡萄藤蔓未来的色彩做美梦。

去吧，仙女精灵，找到它！
那小小的一撮无价的尘土，
带着一个镶着银边的棺木，
棺架上装饰着黄金和宝石；

我们将安稳地把它放里面，
把它置于神龛到永远永远；
因为它曾启迪了一位骚人，
登上了诗歌和思想的峰巅。

古老的剧院

1887 年 4 月

我寻找着灰石倾斜的竞技场，
这里罗马与伊特鲁里亚接壤，
一个孩子向我展示一枚硬币，
上面有君士坦丁大帝的肖像。

她轻轻地走了；她未曾谈及
为什么比其他的书籍更清楚、
更快地为我呈现了欧洲历史，
远自恺撒握杖统治的时期。

在遥远的地方英格兰的乡土，
我们要去发掘，径直地挖出
印痕相像的硬币。如半盲人，
普通的草药医治，她的行止
在无声的时刻开启我的灵魂：
罗马的强大、骄傲以及疆埸。

罗　马

在古代遗址铺设新的街道

1887 年

这些棕土色的峭崖和砖石节痕，
其残骸超越了罗马岁月的中心；
每一个拱门，每一个柱楣穹顶，
暴露着所有的结构，瘦骨嶙峋。

噼啪剥落的雕带和腐朽的饰面
清晰可鉴，似乎是翻开的书页，
书眉是具有腐蚀性的警世箴言：
笨蛋，快学会人类一词的拼写！

然而就在这些废墟的隐蔽之处，
歌唱的工人看见并建立和参与
脆弱的新大厦泥灰的穹隆梁柱，
对于岁月的磨损显然毫无意识，
他羸弱的活计侵害破裂的墙垣，
力量上超越了所有的穹棱扶壁。

罗　马

梵蒂冈：缪斯画廊

1887 年

正午的时分，我独坐在缪斯画厅，
人们陆续地离去，四周一片寂静，
而凿刻的形体与阳光融为了一体，
直至卡拉拉石柱旁一人神采奕奕。

那些神圣的画像，她从来不凝睇，
而是缪斯九女神，单个以及整体；
挪动轻盈的脚步，她来到我身旁，
沉思的微笑露在甜美曼妙的脸上。

她言道：看了很久，我让你不悦？
不是你，而是我自己的无常多变！
我崇拜每一个女神；清晨这一个，
然后，在太阳落山的黄昏另一个。

今天我的灵魂拥抱形式，而昨晚
我钟情于色调：难道能依恋两者？

她复道：稍安勿躁。名义的分离，
如我与我妹妹，它们实际是同一。

我的爱更远；故事、舞蹈和赞歌，
热爱阳光下的一切，绝不是乱想——
像涟漪荡漾时波动的芦苇的摇曳！
不，不是你摇曳。那是唯一之相；

那唯一是我；而我却是你的影子，
由你的大脑和心灵所产生的唯一——
没有任何外在于你。不要伤感，
爱你的所爱，并且因为爱而欢然。

洛迪桥

1887 年春

一

正当我豆蔻年华的时候，
曾为吟游诗人的歌打动，
《洛迪桥》情调之隽永，
给了我独特的愉悦感受。

二

在战场气氛浓郁的乐曲，
前进的鼓乐铿锵的节奏，
我看见大军混合在一起，
纵队被彻底地截断击溃。

三

在远近闻名的洛迪桥边，
拿破仑正如传说的那样
兵分了两路，战神一般，
让国家顺从着他的意愿。

四

我考察罗讷和波河之际，
那乐曲蹦跳着向我来袭；
甚至米兰的奇迹也不能
让我离开这光彩的场景。

五

今天阳光明媚笑容满脸，
我站立在洛迪桥的旁边，
红色的墙壁深褐色的瓦，
初春的青草芃芃芊芊，

六

尽管古道上仍然回响着
精锐的兵士冲锋的呐喊，
四万名将士抛洒了鲜血，
把它的胸墙和桥墩尽染……

七

任何一位老妪我都奉承，
如婉妙的姹女为她歌咏，
只要她把洛迪的故事讲，
在那个动人的伟大辰光。

八

我询问洛迪附近的老媪，
那一天到底发生了什么；
可是，呜呼，这场冲突
并非任何人都了解知晓。

九

她们所关心市场的行情，
猪肉的价格，还有奶酪，
我的判断：洛迪的故事
已经消失在洛迪的街道。

十

洛迪的人们在走街串巷，
买卖的热情极其地高涨，
我让自己坐在他们中间，
目睹成千上万的人亡丧。

十一

在洛迪没有一个人关心
拿破仑怎样穿过了拱门，
他在哪里上上下下行走
进行了难以置信的行军！

十二

那么为什么我来到这里，
难道是看艾达把草地吻？
在这里所见的整部传奇，
不过是我带来的一场梦？

十三

我坐着这里轻轻地摇荡，
为什么把《洛迪桥》咏唱？
没有人报之以点头微笑，
他们纳闷我为什么歌唱……

十四

既然洛迪要忘却那个故事，
无论下层或是高层人士，
那么还是让洛迪的土著，
而不是我，对它进行评估。

十五

洛迪桥曾经如此地悲壮，
难道你的辉煌已经冰释？
我要写一首诗回顾往昔，
还是保持沉默此时此地？

十六

如果这里从岸边至尖顶，
没有碑石记载那场战争，
难道我应该说洛迪人民
把战争看作是地义天经？

十七

不！我要把洛迪桥咏唱——
那深爱的、浪漫的曲调，
尽管没有人点头或微笑，
他们纳闷我为什么歌唱！

地母的哀歌

仲秋的呜咽震动着夜晚，
　　莎草如荆棘，
夏季战抖着幽绿的奇观，
　　小路和草地，

我沿着冷杉的路，隐约
　　萦绕我身边，
那些昏暗而持续的幽灵，
　　释放出阴影。

直至风儿从浓密的松针
　　吹来了悲吟，
似乎是树神万分地痛苦，
　　无奈或伤心。

倾听，怀着敬畏我猜断，
　　那是大自然
以缥缈的声音喁喁倾诉，
　　乐曲的哀婉，

无奈地诉怨，人类近来

让她很悲哀，
因为她古老的荣誉遭到
怀疑和鄙薄……

我从没有设想一个生物，
（她唉声咨嗟）
超越王国里其他的一切；
大脑的颖悟，

阅我的弱点像神的眼目，
揭开了疏漏，
陈旧的遗迹，并且宣布
缺陷和斑污！

我的目的不是要在大地
开发洞视力；
这样强力的评价很难堪，
动摇我的统治！

为何我放松古老的控制，
使苍穹机械化，
无视茫茫大域可以覆盖
小小的球体？

心灵的视野我控制不住，
直至他的视力
超越了我的目的，到处
挑眼挑鼻子。

他认为他的头颅不适合——
　　那是我的杰作——
指责我的创造没有规则，
　　失宜且迂阔：

认为我的太阳不再神圣，
　　月亮不在夜宫，
我的星辰不再威严壮丽，
　　影响着风雨：

认为我的教义粗俗卑鄙，
　　故事也邪恶，
我爱的光芒是一个魔力，
　　物种受诱惑。

他说道：给我手段和物质，
　　神曹曾赋予她，
我的大脑能创造并开发
　　物种更适宜。

倘若顽皮曾经左右着我
　　从第一序列——
比原始物种精明的物种——
　　赢取谄媚，

倘若有一个时刻我低语：
　　甜蜜的赞美，

睿智更甜美。并轻率地
　　放松人的视力，

我真是懊悔！他的先辈，
　　单纯的大脑
我能哄，探测我的秘密，
　　无益地费心思。

对于他们我无为的目的
　　我可以掩饰；
他们说：她的力量预定
　　美好事物合目的。

不再是这样！物种在减少，
　　森林变得贫瘠，
啄木鸟没有能力再击敲，
　　云雀不再呖呖。

虎豹的优美很难再见到，
　　大象也在减少，
我的子孙模仿我的杀戮，
　　加速我的亡故。

让我强壮吧！霉病蔓草、
　　黏糊糊的畸变，
任何美妙而可爱的事物，
　　均与我无相关；

在我的圣堂理性已腐烂，
　　幻想变得猖狂，
对我的智慧侠义的咏赞，
　　再也听不见！

向爱倾诉

我向爱倾诉，
现在与过去已大不相同，
人们崇拜你及你的风俗
胜过其他事物；
称你为孩子光明和唯一，
在太阳下面展开了苍穹，
我向爱倾诉。

我向他倾诉，
我们对你了解多于往昔：
我们的判断根据不充足，
内心中洋溢，
那时我们吵吵嚷嚷说你
会骚扰我们以你的痛苦，
我向他倾诉。

我向爱倾诉，
你不再年轻失去了风韵，
天使不萦绕精灵不飞奔，
天鹅和白鸽
不再属于你；你的只是

无情霜雪及悲苦之利刃，
　　我向爱倾诉。

　　离去吧，爱！
人类将消亡，威胁到你，
不用你点燃婚配的言誓，
那个时代将来临，人类
　　对你无所知——
我们不担心自你的凌逼，
我们已太久地冷漠麻木。
人类将消亡，让他去吧！
　　我向爱倾诉。

月　食

从北极到地中海你的影子和大地，
在月亮温柔的光泽中悄悄地挪移，
单一的色调无际曲线的轮廓鲜明，
四面八方全是安静祥和廓落镇定。

我将如何把太阳铸就的这一匀称
与我所知的你被骚扰的形象联系？
那侧影，惨白得一如神曹的容颜，
焦虑忧愁以及苦难悲伤连绵一片？

难道漠漠茫茫的生死交替只抛洒
这么小的阴影，上天人类的计划
仅仅镶嵌在那个光弧所示的边岸？

难道大地景象之星系范围是这样？
国与国的征战、大脑中思想丰满、
英雄、女人比缤纷的天空还绚烂？

致生命

啊生命！因悲伤而烧焦的面容，
　　我已厌倦了看见你，
你蹒跚的步履，你长长的斗篷，
　　以及你强装的欢喜！

我很清楚你将如何把死亡讲述，
　　还有岁月以及命运——
我一直非常清楚，且心中有数，
　　它对我是什么意义。

难道你不能把你自己打扮梳妆，
　　呈现出稀有的样子？
假装成真实，在某一疯狂日子，
　　把大地变成了天堂？

我要调整自己的情绪以适于你，
　　一起作乐直至日夕；
或许，我所虚构的幕间插曲，
　　我将相信始终不渝。

最后审判与她

一

那里居住着强力的一双，
缓慢、庄严、雕像一样——
在浑浑噩噩、茫茫无际：
谁也说不出各自的历史，
从哪里来，为何是这般。

二

万物之母把创造进行，
技艺精湛，无人匹敌，
双眼失聪，暗无光明，
尽管她的话永远遵从，
他却是从来没有感情。

三

主妇以温和的语调问道——
每一个字都是一次悸动——
主啊，我们泥土的创造，
他们在地球有限的地方，
生命的使命完成得怎样？

四

我所生育的子嗣的命运，
主啊，请你转身瞧一瞧，
并且告知我你见的实情；
盲目的状态下我的创造，
或许我必须把他们毁掉。

五

有的时候在生命的泥淖，
我觉得听到了一声呻吟，
或者是众生的饮泣吞声，
似乎倾轧的世界我创造，
仅仅凭着摩擦它才运行。

六

世界的编织者，他答道，
我观察了你所有的领地；
然而，既然在我的内心
既没有欢乐又没有悲戚，
我不能回答你这个问题。

七

世界的编织者，什么是
悲伤？什么才是对与错？
那些造物占有全部领地，
他们的感觉又会是什么？

为什么弱小比强大糟稀？……

八

没得到答案，心中纳闷，
她深深陷入忧郁的思忖……
有的说听见了她在叹息，
在阿尔卑斯山脉的巅峰，
黑夜的暴风雨此时聚起。

睡眠耕耘者

醒来吧，母亲！醒来瞧一瞧，
似乎恍惚中劳作了很久之人，
凭着强大的魔力和生搬硬套——
你不情愿地编织了忧愁烦闷；

哪里具有空间，你尚未发现，
鲜花、蛀虫、正义伴着冤枉，
喜悦之乐队和牺牲品的哀嚎，
奇怪地掺和着痛苦与癫狂？

如果那个清晨到来——生命
跳动的组织感觉到你睁开眼，
你怎么承受意料之外的吃惊？

难道你会羞愧中疯狂地毁灭
你的这个沉痛中叹息的世界，
还是耐心地给它修补和治病？

卧病的农夫

致一位不闻不晓的神曹

我很纳闷，这里低矮之处
　　长期有一堵死墙，
矗立在造物主和造物之间，
　　矗立在你我之间！

一个人把孩子交给了保姆，
　　他偶尔看一眼墙，
想知道它的存在好还是糟，
　　它是否也会悲伤。

可是，主啊，你赋予了人类
　　奴役中无助的岁月，
把它留给时间和命运，似乎
　　对我们再也不关注。

某个灾难撕裂了你的设计，
　　也使得我们分开，
任何呼喊也不能向你传递，
　　尽管你心地仁慈，

尽管你并不想把我们禁闭
　　声音听不到之地：
显然你的意思是通过话语
　　我们能获得救助。

但愿你的智慧能从天而降，
　　像人类迁徙一样，
在我弥留的日子里，愿你
　　不会再让我悲伤；

可是，看到你的造物受苦——
　　瘸腿挨饿或瞎眼——
会尽快给他们治疗和眷顾，
　　我以及我的同类。

既然让这些事发生不是你，
　　它们也并不知悉，
我将赞美你，如他们所说，
　　你所给予的仁慈！

无言的观点

一

我曾经穿越一片领土，
通过讲坛报纸和歌曲，
它的发言人庄重宣布
他们的目的以及观点。
一些人大眼睛而无声，
几乎没有入我的视线，
他们的想法与众不同，
引起了热议以及骚动。

二

就在一个长大的影子
看到那片被践踏土地，
想知道它的展开是否
实践着它争论的法典，
一个不断的网我看见，
它的历史编得过了头，
并非如有声者所言说，
而是如无言者所思索。

致未出生的贫儿

一

别呼吸，心脏藏：静静地停止，
尽管你分娩的时辰在召唤着你，
　　沉睡长长的睡眠：
　　灾难预言者聚集，
　在我们周围辛勤劳作伤悴凄然，
时间的阴魂把我们的欢歌变为惊悸。

二

听啊！人们是如何地颠沛悲叹，
笑声无踪无影，问候无声无息，
　　希望在萎缩阑珊，
　　信仰被践踏蹂躏，
　关爱和热情全都变得麻木不仁；
即使你出生，这种情况也无法改变。

三

倘若我拥有子宫里灵魂的听力，
在他们人间的航行图展开以前，
　　你有充分的自由，

选择是或者不是，
我将会告诉你我所知道的一切，
你是否愿意这样地生活？让你裁决。

四

空虚的誓约！我的任何的示意
不会飞向你，向你锁闭的感官
任何也不能解释
生命未决的方案：
你无知中将会进入生命的行程，
尽管上天喷着火焰鲜血人类在震颤。

五

亲爱的，我宁愿寻找一个缝隙
在地球宽广的世界，为你，
没有眼泪和憯恻
打断这安宁平和。
可是我如你一样弱且赤身裸体；
没有人能够把普遍的命运变得珍稀。

六

必须出生并停留。这就是我们——
感情冲动、残忍暴虐、富于幻想——
我为你能做的
只不过是希望
健康、爱情和友谊，你全都获得；
我所能想象的人类很少得到的喜洋洋。

冬天来自意大利的鲜花

南方阳光灿烂，今天来到这里；
　　如果一切有机的事物
都能感知，鲜花，如有人所说，
　　那么什么是你的思索？

你如何停留、没有彻底地消失？
　　在这荒凉的荆棘之地，
白茫茫的桦树、冷杉以及冰冻，
　　广阔无垠的苍凉凄迷？

脆弱而不幸，你被流放到这里，
　　你的躯体将不会获取
古典的思想所萦绕的灿烂阳光，
　　反之你会枯萎并消失；

可是，与异国的土壤结合一起，
　　让北方凛冽的光焰
把你照亮，不要留下一点痕迹
　　告诉人们你的祖籍。

致丽兹比·布朗

一

亲爱的丽兹比·布朗，
你现在是在哪里呀？
在风雨里？在太阳？
或者你美丽的容颜
超越了欢乐和悲伤？
亲爱的丽兹比·布朗！

二

甜蜜的丽兹比·布朗，
你这么样地爱微笑
你这么样地爱歌唱！——
在你顾盼中的眼神，
流露着淘气的顽皮，
甜蜜的丽兹比·布朗！

三

而且，丽兹比·布朗，
谁还有那样的长发，
枣红一如你的一样，
或者凝脂般的皮肤，

靠自然的元素滋养?
甜蜜的丽兹比·布朗!

四

那时，丽兹比·布朗，
你刚开始对一个人
表示你的爱意亲近，
悄悄地，不敢声张，
突然你不知了去向，
我的丽兹比·布朗!

五

啊，丽兹比·布朗，
生命是如此地迅疾，
我的却是这样缓慢，
在表达我的爱以前，
你已是他人的妻室，
甜蜜的丽兹比·布朗!

六

然而，丽兹比·布朗，
人们都说，你仍然，
当你走进婚礼殿堂，
赢得了最好的男士……
之后，你去了哪里?
啊，丽兹比·布朗!

七

亲爱的丽兹比·布朗，
我早就应该考虑到，
姑娘们成熟得较早，
在你走过之前，应该
把你抓住向你示爱，
亲爱的丽兹比·布朗！

八

可是，丽兹比·布朗，
我让你从身边溜走，
并没有任何的表示；
我充满激情的亲吻，
没有触及你的红唇，
失去的丽兹比·布朗！

九

啊，丽兹比·布朗，
那么一天定会出现，
有人提起我的名字，
似乎你对他无所知，
你会问：他是谁呀？
唉，丽兹比·布朗！

希望之歌

甜蜜的明天，
紧接着今天，
悲伤的感觉，
一去不回返。
编织着希望，
闪光会流淌，
任何的灰暗，
不会把它挡！

风儿在吹拂，
往昔的叹息，
时针把我们
带进了迎晨，
百灵在歌唱，
未来的辉煌，
把我们等待
未来的辉煌！

抛弃黑面纱，
穿上红衣裳，
琴弦已折断，

立刻重安装：
悲伤的话语，
丝毫无价值，
夜云在骚动，
黎明即降临——
黎明即降临！

我的至爱

我动身于星光灿烂的夜分，
　走向我亲爱的人的闺房，
在金斯比尔，我们要结婚，
　于翌日太阳升起的时辰。

我沿着古老的丛林和山岗，
　旁边闻名的伊科林地区，
近处矗立着那异教的教堂，
　始建于世界较早的年代。

我迈开双腿步伐越来越快，
　走在青草地和沙砾路上，
向蓝天绿树歌唱，我的爱，
　我把她称呼为我的女王。

白璧无瑕是她俊俏的身段，
　像一盏灯她的心灵明亮；
她是上帝造物的标准典范，
　尽美尽善，女性的理想。

星辰闪闪，不断地眨眼睛，

一个人影身边走过轻轻，
女人的身影；看她的形态，
像我的新娘的姿态体形。

我觉得，在从前她一定会
离开了这片古老的荒原，
古时候曾经是立桩和柱廊，
那些是人们崇拜的偶像。

啊，你轻盈而孤独的姑娘，
你叫什么名字出身是啥？
星光下你与我的至爱相像
如此——难道你就是她？

那人影回答道：你的新娘
仍然留在她父亲的农场，
你说得很对，我打断了她，
你肯定不是我至爱的她。

不是；她接着说道，尽管
你的新娘仍在她的闺房，
你至爱的人却在你的身边，
因为我才是你唯一所爱。

我说道：而她是我的选择，
她现在金斯比尔的丛林！
接着是她温柔神秘的声音：
而我才是你唯一的至爱。

这样她说得确定；我言道：
　啊幽灵，不可能是这样！
似乎我的胸膛血液向外流，
　她的话让我如此地恐慌。

幽灵接着言道：她的躯体，
　你向其灌注了我的美丽，
我的名声、举止以及言语，
　我的微笑以及我的姿势。

啊，昏庸的人，这意味着
　新娘并非她们外表那样，
你的至爱只是在你的梦乡，
　而我恰恰就是你的梦想！

啊，那么，我伤心地说道，
　似乎不知道自己在言说，
我的至爱，我要与你结婚，
　如果你说的话句句属真。

她高傲地渐渐离去在黄昏，
　尽管，自从出现了婚誓，
我一直是新郎身边的新娘，
　但是从来没有嫁给凡人。

说完，她就消失在小路旁，
　消失在金斯比尔的小镇，

人们说，就在附近矗立着
　维纳斯神庙，黎明时分。

我及时赶到看见我的新娘，
　她身形憔悴，面容灰黄，
似乎灵魂离开了她的身体，
　留下的只是一具空皮囊。

反复无常

我站立在她的坟墓旁，
　说她美丽又善良！
这样轻盈地来来去去，
　再也不会踏地上。
什么样的爱能够获取
　她的温暖的胸膛，
什么样的少女比得了
　她曾对我的恋情！

在小教堂的幽深之地，
　情侣们签上了名；
她的名也在黄色的纸，
　却不是与我一起，
向他她道出温柔婚誓，
　那是曾经对我许；
可是我说，啊，亲爱的，
　我宁愿为你去死！

我们之间

此时此刻在我们之间——
　两人被抛在一起，
我们还没有准备穿上
　生命最富丽衣装——
我们目睹着光景溜走，
　白昼迅速地消亡，
消亡最终会出现真相，
　哪怕陷入了绝望。

如此彻底而且已很久，
　你对我非常了解；
如此真实而且很强烈，
　我把我自己表现；
我什么也不需要隐藏，
　无论以任何方式；
也不需要询问或解释
　小心谨慎的话语。

然后面对着面，眼睛
　与我的眼睛感应，
问她：你的心在远方

还是在我的跳动？
虚假的东西变质腐烂，
快的也变得缓慢，
伪装会像泡沫一样走，
真相也将会永久。

我的悲伤难以忍受

八行两韵诗

我的悲伤难以忍受，快乐不再有，
自从命运安排我遇见了你！
难熬的岁月从没有让你见瞅，
我的悲伤难以忍受，快乐变忧愁，
记忆也不能更新往昔的欢喜，
心中珍爱的温存也不能让你回眸，
自从命运安排我遇见了你，
我的悲伤难以忍受，快乐不再有！

我不需要去

哟，我不需要去，
穿过霜雪和寒风，
到我知晓的地方，
那里她在把我等：
她将会把我羁留，
直至我心甘情愿，
腾出了我的时间，
离开了他人相伴。

当我某种程度上
忘怀了这个世界；
当事情不再废荒，
这样的努力神伤，
时日不会太久长，
飒飒作响的柏树，
我心爱的人告诉，
我又来到了这里。

倘若有那么一天，
没有人悲伤哭泣，
追求以她为伴侣，

我仍然不断拖延
尽管多样的方式
皆适合我的闲散，
等待着我的欣喜，
她不会把我责难。

哟，不把我责难，
尽管我不断拖延，
也不向我询问，
什么拖了我后腿，
可能我有了新愁，
燃烧着新的激情，
她不会把我责难，
默默地把它忍受。

卖弄风骚的女人

八行两韵诗两首

其一

很久我有一个残忍的愿望：
你自由的心灵为我而悲伤，
而我却会不为你心动分毫；
很久那残忍的愿望我知晓，
人们会感到并期盼着观望
我得意扬扬。命运却定操
不会很久。我残忍的愿望：
你自由的心灵为我而悲伤。

其二

最终，有一人遭受了惩罚，
那女人，女人们总是这样。
我发现，我的闹剧是悲怆，
最终，有一人遭受了惩罚，
带着好奇想入非非，体察
爱情，体察羞愧。他和她，

最终，有一人遭受了惩罚
那女人，女人们总是这样。

订婚已久

亲爱的，是不是值得，
敲响了钟声、走进了教堂，
举行婚礼，讨论、描述、延宕
这许多的年月？

亲爱的，是不是值得，
搅动了愿望、往日的温存，
借着时光仍让我们嬉戏的假象，
尽管停止在接近？

亲爱的，是不是值得，
白昼将过去、太阳在低沉，
未完成的事情很快就成为完竣，
微笑变成泪水？

亲爱的，是不是值得，
面容变苍老、金发也灰白，
我们没有交流，相见了又分开，
我们再也不关爱？

亲爱的，是不是值得，

既然我们仍然能一起爬上
森林覆盖的山岗，如季节一样
往复循环？

亲爱的，是不是值得，
既然我们能躺在墓地为伴，
直至高矮的一切事物轰隆垮塌，
地球也将迁化？

改嫁的寡妇

我穿过了大街小巷，
直奔她宽敞的房屋，
余晖洒落在窗户上，
反射出我们的意图。

山墙上爬满了藤蔓，
红彤彤如燃烧火焰，
我走到近处心中想：
跟我一样心花怒放。

近来她有一个目的，
与我相会她的宅邸；
这次脚步没人回应，
没人回答我的呼声。

我再次敲了敲屋门，
室内的脚步慢吞吞，
她的出现让我吃惊，
答复仅仅是一个词。

我们相会，但是她

躲开我热情的拥抱；
心思重压她的眼神，
冷漠现于她的玉貌。

明天你是否能再来？
这次你尽量早离开，
我的宝贝儿患了病，
没人照看实在不行。

她转身下了逐客令，
似乎我耳聋没听清，
或者不再是她的人，
与一个邻居没两样……

我爱她时尚在闺房，
有人插入逗她欢心，
那时她与他结了婚，
觉得她一去永不回。

他赢得她我失去她，
我忍受着不知为啥；
那时我的确很痛苦，
却没有现在这么大。

时间带走他，同时
打开一扇意外之门，
它通往幸福，兼之，
它让我更加有信心。

可匆忙中我忽视了，
在这第二次的求婚，
与第一次两歧判然：
她已有母爱的召唤。

她话语坚定，尽管
我们的誓约如磐石：
新爱与我分享着她，
尽管微笑甜如黄花！

草率的婚礼

八行两韵诗

如果时辰是岁月，他们两人真享福，
因为，现在他们满足着短暂的欲望，
凭着每一个最美好的约束彼此约束，
如果时辰是岁月。他们两人真享福，
如果东方的星斗永远不降落在西方，
如果白色的灰烬不追随熊熊的火柱：
如果时辰是岁月，他们两人真享福，
因为，现在他们满足着短暂的欲望。

追梦人

我的一个梦在草地上飞翔，
　飞往我往日恋人的闺房；
它引着我飞呀飞呀飞向前：
　我站在她的闺房窗下面；

我仅仅看到一个骨肉的影，
　一眨眼跑入泥土的缝隙；
一声呻吟我的梦受了一惊，
　脸色苍白，我急忙远离。

八月的子夜

一

晃动的窗帘和幽暗的灯，
远处地上嘀嘀嗒嗒的钟：
飞进来长翅的和长角的，
长腿虫、蛾子和大黄蜂；
在我的书页悠闲地站着
一只蝇虫，倦怠地搓手……

二

我们五个相会这个时刻，
于这个特别幽静的地方。
来客模糊了刚写的诗行，
或撞在灯火仰卧在地上。
最卑贱的造物！为什么？
大地的秘密它们更懂得！

1899 年

笼子里的歌鸫获自由

维拉内拉诗

人类的知识并不比我们的多，
他们认为我们不懂世俗的事，
那日子过得是多么幸福快活！

你们怎么看待这种奇怪的事，
啊，啄食和梳理羽毛的鸟儿？
人类的知识并不比我们的多！

当我在那棵树上出生的时候，
与他们有契约，我希望知晓
那日子过得是多么幸福快活，

而且把贫穷和哭泣变成欢喜；
哎呀，尽管他们强大的外表，
人类的知识并不比我们的多！

他们并不能改变霜雪的温度，
也不能让天空永远阳光灿烂；
那日子过得是多么快活幸福，

这句话暗示哲人的聪明智慧
不比我们的少，林中的部族！
人类的知识并不比我们的多，
那日子过得是多么幸福快活！

冬日黄昏的鸟

八行两韵诗

房屋的周边雪花飘得更疾，
所有的浆果都已无踪无影，
所见的全是灌木丛和冬青，
房屋的周边雪花飘得更疾，
屋门禁闭而我们过去定睛，
面包碎屑不见散落在草地，
房屋的周边雪花飘得更疾，
所有的浆果都已无踪无影。

彷徨的猎鸟

八行两韵诗

他们肯定不是过去喂养我们之人，
那时我们还年轻：他们肯定不是！
他们抢我们的肉让我们的血流尽，
他们肯定不是过去喂养我们之人，
那时如果我们叫，肯定会有肉吃；
心灵里怎么会珍藏着这样的叛逆。
他们肯定不是过去喂养我们之人，
那时我们还年轻：他们肯定不是！

最后的菊花

为什么这朵花逗留得如此久长，
　　炫耀着它震颤的羽装？
现在是忧伤的旅鸫歌唱的时候，
　　鲜花已经进入了坟丘。

经过了缓慢的夏季，皓皓金乌
　　给每个藻体和轮生体
鲜花所需要的一切全部已赋予，
　　为什么唯它没有萎靡？

它肯定是感觉到那激情的唤呼，
　　尽管它丝毫也不在意，
现在仍然醒着，叶子纷纷飘落，
　　交还的是丰沛的液汁。

它的美现得太晚，孤独的事物，
　　季节的辉煌已经停止，
没有什么能够留下，除了战栗，
　　在这动荡的秋风簌簌。

难道它有一个理由羁留着不走，

在无知与懵懂中做梦，
为了一个如此靡丽快乐的气球，
冬日要留住它的芳容？

我这样说话，似乎那事物出生
就是要激荡它的心灵；
然而它只是许多衰败者的面罩，
后面藏着伟大的面孔。

黄昏中的歌鸫

我依靠在一片丛林的边缘，
　　霜雪白茫茫鬼魂一样，
寒冬的残迹使得白昼之眼
　　无精打采、萧瑟苍凉。
天空的痕迹有纠缠的藤蔓，
　　宛如里拉折断的琴弦。
所有的在附近逗留的人们，
　　围着他们的炉火暖温。

大地凛冽的景象似乎就是
　　这个世纪歪斜的尸体，
它的陵墓彤云密布的苍穹，
　　朔风是他的悲歌哀思，
萌芽以及生命悠久的搏动，
　　萎缩得厉害、干瘪瘪，
地球上每个活生生的灵魂，
　　皆像我一样死气沉沉。

此时，头上凄凉的枝条中，
　　突然传出了一个声音，
犹如激情澎湃的晚祷歌咏，

身处无限的欢乐融融；
一只笃老的歌鸫体弱枯槁，
羽毛厉风吹得乱糟糟，
它如此选择把自己的灵魂
掷到渐渐黑暗的黄昏。

没有什么缘由表明为什么
它咏唱这狂喜的颂歌，
咏唱的是大地上庶物万有，
身边附近或遥远地方，
我想象得到，这黄昏曲调，
有幸福的希望在颤抖，
那希望是什么，它心中敞亮，
可是我却一点也不晓。

1900年12月31日

疯子茱迪

当小村庄欢迎一个新生，
　茱迪常会泪潸潸：
当她听到命名时的欢欣，
　她会跪地并嗟叹。
我们清楚，她是发了疯，
　却说她体弱多病。

当村庄里的女儿和儿子
　聚在一起庆婚礼，
我们趣味相投的村民们
　跳舞一直到清晨，
她就会摇摇晃晃咕哝道：
　河边来了更多人！

当刽子手死神把他的手
　伸向初生的婴儿，
她就手持着火把唱起歌，
　并且还欢宴饮酒。
她的行为我们从不干涉，
　因为知道她疯了。

挤奶女

在雏菊盛开的河岸，
站立着一头反刍的红艳奶牛，
紧挨着奶牛的身边，
戴着风帽的姑娘低着她的头。

遍布着鲜花的河滩
起伏绵绵；牛奶桶里鸣溅溅；
少有的游人会选择
这样的山谷这样平静的生活。

姑娘张口轻轻地说，
似乎在倾吐她大自然的感触，
以及她生活的情怀，
每处都是她自己的那些元素。

她露出痛苦的眼神，
此时此刻，流出了一颗泪珠；
是远处经过的火车
异样的声响打扰了她的灵府？

不！田园诗的少女，

不住在这些肉眼熟悉的事物；
　　令她感动的是魔力，
那是内心的主题、内心的诗：

　　倘若在周日的清晨
她穿上快乐的衣装，青草会
　　靡萎，火车也啸吟，
如果弗雷德不是喜欢另一人。

大　树

一位老人的故事

一

树根的茎毛暴露在阳光下，
像发疯的地神灌木的头发；
凄厉的西南风吹拂得萧瑟，
它经不住击打在子夜倒垮。
　大树就这样结束，
　在某人与我坐的地方。

二

它的树干只有勇敢者踩踏，
现在连一个孩子也能爬上，
那些最早瞅见曙光的树枝，
最后也停落在青青的草地。
　大树做成的马车，
　我们曾坐在它的干下。

三

那里我们坐着，她柔情喁喁，
蝙蝠飞来飞去，黄昏悄然临；
树节我们的座位，歪斜扭曲，
树干上有一个奇怪的洞孔，
放置着一把钥匙，
会揭示它苍老的秘密。

四

若干年前就在这个洞孔里，
亲爱的，我发现一个纸条，
并非写给我，我终于说道；
我瞅了一眼，又放在那里：
就写着三个单词：
“亲爱的，我同意。”

五

谁放它在那里，它同意的
又是什么？我从未去猜测。
无疑是真诚告白心情澎湃，
那是向一位羞答答的少女，
恰恰像，或许，
我的甜心，我和你。

六

她等待着，直至呼吸急促，
说道，似乎一个人要抛弃
爱的艺术珍视的一切记忆，
为了宽慰某个强烈的愿望：
　　那是我，她说道，
　　咬着牙写的纸条。

七

我的情夫的妻，并不清楚
我们的感受、想法和痛苦……
我跟你结婚，然后就去死：
她在我们中间，为什么呀？
　　你是不是同意，
　我们中间不再有她。

八

我如何地隐忍，爱情热炽，
使我疯狂地卷入他的计划，
我说什么呢？写下了意愿，
藏在这里，满足他的目的……
　　她死了，可是他
　并没有与我结连理枝。

九

爱情，不要萎靡！若这双眼睛
曾目睹你的尊荣，就不是这样！
而我们彼此陌生。而那个计划
清除了激情的路障。为什么他
　　没有来与我结缡？
　他娶了作绞架的树为妻。

十

远在以前的这株橡树的下面，
再也没与我同坐，我的甜心：
走遍了河流、海湾以及山川，
我流浪徘徊。而为了爱情，
　　她已经心神错乱——
　据说我就是她爱的人。

苔丝的哀歌

一

但愿人们能彻底把我忘记，
彻底把我忘记！
但愿我能逃避人们的目光，
也不再看见太阳。
真希望是道说再见的时候，
躲到幽暗处，等待着丧钟，
让他们全都站在那里讲说
我那苦难的生活。

二

啊！牛奶场我居住得太久，
我居住得太久！
我多么想站起来身强力壮，
躺下去充满希望。
是在那里，在烟囱的近旁，
他注视我，伴着钟表慢响——
他爱了我，学会叫我心肝
并对我密语甜言。

三

现在他走了；现在他走了；……
　　　　　现在他却走了！
我们一起栽种的花被弃抛
　　　　　在农场里腐烂。
我们点燃篝火野餐的地方，
长满了荨麻、荆条、杂草，
那地方到处是泥沼和荒丘，
　　　　曾经是如此温柔。

四

那全是我的过错，我的错。
　　　　　全是我的过错；
　是我给了他当头的击打，
　　　　而他并不想欺诈。
好吧，全都完了，过去了，
而他留下了我，让我懵恻，
而我不得不带着那十字架，
　　　　我片刻伤害了他。

五

我们结婚的那天多么快乐，
　　　　　那天多么快乐！
愿你们幸福！他们全说道，
　　　　　在草房的附近。
不知道他们现在会说什么，

如果他们得知了我的命运；
那个取代了我的挤奶姑娘，
　　她会怎么感想？

六

回想此事使得我憔悴不堪，
　　使我憔悴不堪；
我忍受不了命运这般安排，
　　要把生活反过来；
要使我的记忆为模糊一片，
让我的每一个遗物变腐烂，
我的所作所为全荡然无存，
　　我的一切全消散！

顶替者

一则故事

一

他曲下了长途跋涉的双膝，
　　于泥土她萎谢的地处：
从清晨到暝色他行走不停，
　　沿着冰雪覆盖的小路；
从清晨到暝色他从未放手，
　　那鲜花和月桂的花束。

二

难道这就是那墓碑的形状，
　　我所望眼欲穿的瞩望？
或是百叶窗帘系锦绣装饰，
　　花辫、圆形以及结样：
漂亮的装饰穿插并且旋绕，
　　跳动的音乐随之袅袅？——

三

这片墓地的看守，他居住
　　墓地大门扶壁的旁边；
他手舞足蹈并摆下了席宴，
　　女儿二十岁生日庆祝：
他专门准备了法国的红酒，
　　为他的女儿生日庆祝。——

四

投幕来临，大门已经关闭：
　　放下花束，那人说道；
明天的时间才更加地合适，
　　把那鲜花放置得相宜：
早晨才是放置鲜花的时间，
　　来与我们欢度这通宵！——

五

他放下了花束，走了进去，
　　坐下来与他们同欢娱。——
我真想与你一起徒步旅行，
　　在其他的人到来之前；
我真想徒步旅行这段路径，
　　与你这样的绅士一起！

六

她说笑，她拥抱，她牵住

他开始还不情愿的手：
欢乐的音乐奏出明快节奏，
舞者迅速地聚集一起；
并且与那位坟墓之少女，
他适宜地表明了态度。

七

你跳得潇洒，陌生的青年，
这样的舞姿我首次见。
多逗留一会儿！别说离开，
把我一个人留在这里！
多逗留一会儿：对她忠诚，
她的心已经全部给你！——

八

我透过窗户看见一个影子，
她绝望中向我招招手，
她的嘴巴由于呻吟而曲扭——
就是她我曾山盟海誓——
不要！那墓碑是最近雕凿，
陌生的姑娘偃卧那里！——

九

我看见那束鲜花放在地上，
被践踏成为泥土一块；
那是我的花环？如此爱我，
发誓说把我永不忘怀！

那不过是个花束！如许多
　　拿过来然后九霄云外。

十

守夜的人现在是昏昏欲睡，
　　拂晓时分他醒了过来；
他说：我会立刻把你戕诛，
　　因为，是你让我离开
那位姑娘纯洁得像个修女，
　　在世的光景历历在目。

十一

她畏惧退缩；他站起身来，
　　几英里外不停地徘徊，
他永远地离开了那位姑娘，
　　她凭着那颗滚烫的心，
竟然片刻迷惑了他的神智，
　　并且赢得了他的爱情。

十二

一个年头再次目睹他来到
　　泥土里她萎谢的地方；
从清晨到暝色他行走不停，
　　沿着冰雪覆盖的路径；
从清晨到暝色他多次来到
　　她的墓冢前向她祷告，

十三

那里他安顿下来，要履行
　　他那备受挫折的初衷：
在她的床第上放置，最终，
　　早些意欲放置的祭品：
他那昏花的、憔悴的目光
　　落在了他佝偻的身躯。

十四

啊！的确有那么一段时间，
　　你对我很是关怀眷顾。
不管你爱她，不管你恨她，
　　她一无所知也不在乎：
唯有活着的人才能够感受
　　无爱的悲伤多么沉重！

十五

我罪责难逃，付出了代价，
　　流浪在外，倥偬贫苦：
日日夜夜我为你心血付出，
　　你的孩子我尽心抚养，
我为你祈祷；离别的苦楚
　　远远超出了我的容受！

十六

他转过身来，无情且激动；

　　我不认识你！他喊叫，
你的孩子！我认识这姑娘，
　　然而，她却是在天堂！
旋即他消失在茫茫的黑夜，
　　离开了她恳求的目光。

我生活在阴影里

一

我生活在阴影里如此久长，
并且与阴影交谈如此频繁，
离开了这里的土地和茅屋，
随着人类的行迹我走向前，
　　他们有时候也会
　　以其晦涩的方式
　　停下他们的脚步
　　倾听我讲述故事；

二

并且挽住我的手，领着我
穿过他们茫茫存在之房屋，
那里，命运之网无处不布，
编织了一半，无状亦无形：
　　并且从那里示明
　　缩成一团的尘埃
　　以及原本的事物
　　荒败或霉烂腐坏。

三

转过身去，一天他们说道，
看一看我们走过来的行迹，
能否说出那一个人的名号，
他从那里一直盯着你凝视。
　　他的名字和种族
　　我不知也不会知。
　　我说道，这个人
　　是如此平凡无奇。

四

他没有一点点能让我感动；
在他的一生我并没有发现
一点点奇特或一丝丝闪光，
任何的星光灿烂卓越非凡。
　　倾注到昏暗之中
　　是茫茫人海蜂拥，
　　他在此沉落，没有
　　留下一点点响声。

五

可是，他们言道，他的话语
软弱无力，像是你嘴里出——
他的姿态，以及你的形体，
完全是从一个模子里浇铸——
　　去吧！深切的痛苦，

呜呼！他的名字
将会被赋予你，
诉说，徒劳无益！

1899年2月2日

记忆与我

啊，记忆！我的青春在哪里？
他过去常说，生活就是真理！

我曾看到他，在倒塌的茅屋，
　上面是颤颤巍巍的树；
他犹如一个幽灵在那里萦绕，
　仅仅有我一个人知道。

啊，记忆！我的快乐在哪里？
他曾与我同居在工作的甜蜜！

我看到他独自在荒凉的花园，
　过去常有惬意的欢笑；
他犹如一个幽灵在那里便旋，
　除了我再没有人知晓。

啊，记忆！我的希望在哪里？
他曾为我的行为赋予了器识！

我曾看到她，在浩繁的书卷，
　那里常常有美妙梦幻；

她犹如一个幽灵在那里逗留，
　　仅仅有我一个人知道。

啊，记忆！我的信仰在哪里？
曾经的斗士，现在是个影子！

我曾看到她，在废弃的堂殿，
　　双膝跪地是如此虔诚；
她可怜的魂灵仍在那里烁闪，
　　除了我再没有人知晓。

啊，记忆！我的爱情在哪里？
曾经把我普照，像一个神祇！

我曾看到她，在年迈的形体，
　　那里曾经是美的现实；
她温柔的幽灵仍在那里徜徉，
　　仅仅有我一个人知悉。

周日上午的悲剧

（大约在19世纪60年代）

我生了个女儿鲜花一样美，
在皮德尔山谷，我真不幸；
我欢欣地抚养，视若宝贝，
可是我真希望我早已殒命。

她渐渐长大，男人多向慕，
她结下了金兰，我真不幸；
她缄口无言，可我很清楚，
我看出伤心正渐渐地降临。

我知道，有个人把她迷住，
成了他的奴隶，我真不幸；
可是最后她全部向我倾吐，
她为她的结局非常地揪心。

她承认，她爱得深切真挚，
爱得深切真挚，真是不幸；
藏着一个秘密时间会揭示，
尽管不久她就会香消玉殒。

我忧闷地走到她情人的家，
在皮德尔山谷，我真凄惘：
我恳求了他，恳求得恻怛，
去解救她，解除她的悲伤。

他蹙蹙眉头，说不能结婚。
说他不能结婚重复了七次：
与廉耻相比，贫穷更糟糕；
最后，我的希望彻底消逝。

我整好了衣装去大海航行，
他粗暴地说道，真是无情——
西撒克斯再不能把我阻止，
这里比监牢还令人难隐忍！

有一个牧羊人我曾经认识，
难以捉摸的人，我真悲戚：
寻找他的人，我走遍牧场，
尽管我最好还是停止这样。

靠着昏暗的灯光我找到他，
跟他说明来意，我真不幸，
她发现自己处于悲惨之境，
在基督教的领地为人不齿。

是否有一种草药？我问道。
我这样问他，似抓住稻草。

是的，他回答，是有一种……
情愿他的回答是他不知晓！

明天我会跟你一起去寻找，
他低声说道，我真是不幸——
第二天我的双眼盯着田野，
愿我永远没有看见的田野！

残阳夕照，傍晚很快来到，
夜幕覆盖了整个的草原，
他的手杖和白色长衣闪闪，
慢慢地他走近了我的身边。

他从长衣下拿出来一物，
我寻找的草药！我真该死——
有时我把它用于我的羊牛，
他说；希望在我心中升起。

我的意思是它用于难产——
难产！它们为什么会难产？
否则上帝怎么会送来此物？
那个牧羊人对我这样说道。

那晚我注视着药锅的沸腾，
双手扶着膝盖，身体前倾：
我搅动着草药一直到黎明，
风瑟瑟地吹着，如泣如诉。

这丑闻将被抹掉，我说道，
她本天真单纯却受到玷污，
我要证明咬耳的嘴在说谎；
可是结果却比咬耳更糟糕。

这是治疗恶果的灵丹妙药，
我对她说道，我真是不幸，
那天清晨我给她温柔亲吻；
我宁愿我现在躺在了坟茔。

下一个周日，钟声很清脆，
在皮德尔山谷，我真不幸：
大清早，我走进她的房间；
不要有这个周日，我宁愿！

娘亲，不要什么妙药神丹，
她微弱地说道，我真命苦，
我觉得，我就要命赴黄泉，
很快进下界，在那里长眠。

那天中午人们走出了教堂，
他们三三两两，我真不幸，
边说边笑，穿着新衣裳，
而我却巴不得用麻衣着装。

她情人的朋友来到我家旁，
他们兴高采烈，我很悲伤，
我们真高兴，他有所悔改，

说没有比她更温柔的新娘。

我唇干舌燥，内心在烧烤，
这话让我无言，我真不幸：
越来越多的邻居聚集过来，
啊，作为母亲我多么悲哀！

哈哈，保密这么好的消息！
他们笑着说道，我真怵惧：
今天是谁被逐出了教会？
天哪，我多么希望能逃离！

她在哪儿？进行的真神秘，
他们喋喋不休，我真不幸，
结婚竟能这么守得住秘密……
啊，命运竟如此云谲波诡！

你脸色苍白，你一无所知？
他们贸然问道，我真痛苦，
我吞吞吐吐，是的，几天前，
我真想变成棺材里的泥土。

是为了让她高兴，我们猜，
他们的口气显得轻松愉快，
他这么做是为了给她惊喜？
我觉着这话让我喘不过气。

她的情人进来：我的小鸟、

鲜花，我的玫瑰她在哪里？
问了一句，又是接二连三，
啊，我多么想躲进了窀穸！

他悄悄地说：自从你过来——
他这么说道，我真是悲哀——
我一直爱她，想法已改变。
我听着他的话，五内俱裂。

她今天累了——仅此而已——
我撒了个谎，我真是憯凄……
我来到窗外轻轻把她呼唤，
似乎没有了活下去的勇气。

没回应的声音，我走进去——
啊女人！我们是遭天谴的……
一声尖叫，他们匆忙进去，
目睹了上天对我的打击。

她躺在那里，无声也无息，
像冰冷的石头，死得冤枉！
玫瑰的脸颊鬼魂一样白苍：
死神把她带走，我却活着！

我亲吻她冰冷的脸和头发，
亲吻她要成为新娘的尸体！——
我不堪忍受这对我的惩罚，
而是祈祷上帝别对我怜惜。

调情卖俏的悲剧

（18 世纪）

独自一人在卧房的炉火旁，
　身心疲惫、悒郁惝恍——
火苗摇曳影子映照在护壁，
　朋友的魂灵我曾相识——

我和她的戏剧开始得离奇，
　鸦雀无声的重复演出，
每一个场景，每一次投足，
　均是幽灵般的讽刺剧。

我意外的财富是我遇见她——
　苏格兰低地的翘楚——
上方是月桂和紫杉的拱顶，
　廷廷赫尔著名山谷；

爱情之光照亮了我的心灵，
　尽管我的相貌平平，
相比她完美的身材和肤色，
　有眼人皆能看分明。

然而她欣然玩弄我的感情，
　常常让我向她恳求，
她不太适宜的嘲弄和否定，
　倒是让她十分高兴。

接着，我逃离了她的戏弄，
　到了寻欢作乐的城市，
成了无所事事之人的友朋，
　流浪在贫困肮脏之地。

愿意听我的故事之人当中，
　有个贫穷的阿多尼斯，
暗示说让她的花园灰蒙蒙，
　无论是玫瑰还是芸香，

倘若他付出的代价仅仅是
　清算嘲弄之人的嘲弄：
如此引诱，我复仇的欲望
　在我的内心发芽生长。

我为他准备了华丽的衣服，
　给他配备良马骏足，
租了车夫以及着装的侍从，
　全部随从富埒王侯。

这样装备停当，带了信件，
　他匆匆奔向英格兰，

打听到她被人追捧的采邑，
并且直奔她的庄园，

我租下一幢没有房客的楼，
隅石是其有利的条件，
目的是查明对美人的殷勤
能做出什么荒唐事情。

他从早到晚工作不辞辛苦，
不管月初还是安息日，
通过奸计揪住她的注意力，
在公园、教堂和小路；

这么长时间对她进行算计，
他的计谋很快要得逞，
他大胆地跳过了常规俗习，
果断地屈身向她调情。

他天神般的相貌气宇轩昂，
立刻作用赢得她芳心，
不久，在正午和子夜时分，
开始了约会热烈亲吻。

逗留的时日结束，他离去，
并会见我在威尼斯，
蹬我之人，她的消息说明，
打算屈尊进行诉讼。

隐瞒的手段已经不能为继，
　　她向他恳求很卑贱：
凭着我们的爱情以及罪孽，
　　保护我吧，我飞向你！

我心中内疚简直不堪忍受，
　　我听见她低沉的痛苦，
在那里，街道的阴暗之处，
　　我的钢刀把他穿透。

迅疾的喷涌吞下他的尸首，
　　那条运河湍急的水流——
把这城市一分为二的河流，
　　还有那街道鸦雀无声。

我徘徊的片刻，完全不能
　　排除我内心的磨难，
我在受难似乎被叫喊折腾，
　　那是来自地狱的叫喊。

一个月的不安让我徘徊在
　　她的家附近我的住宅，
这个藏身之处传说的故事
　　提供了解读的线索。

事情暴露，受到人们排斥，
　　与伦敦离开了远远，
我见她孑然一身，在一间

阴暗、潮湿的陋室。

我仍然渴望着做一些弥补，
向她恳求成为我的妻，
让她生儿育女，模模糊糊
把我的罪过慢慢消除。

她屈从于我，平静的天气
紧随着那场暴风骤雨；
由他裂变的一个玩意出现，
不过是作为我的骨血……

但是时间揭露痛苦和秘密，
而这个时间现在发生：
一寸一寸地，幕布被拉开，
秘密慢慢地暴露在外。

一天夜里她和我躺在床上，
听见那孩子嘟嘟囔囔：
我真是可怜！我的假父亲
谋杀了我的真严君！

她大吃一惊：她彻底明白。
翌日，那孩子逃离开；
从此以后，没有任何音讯
传回到我们的邸宅。

她一直避开我，日渐憔悴；

直到有一天那池水
拥抱了她美丽身躯，淹没灭顶
那双水灵灵的眼睛。

请不要问，什么样的词语
能表明她苍白的容颜，
那些骨骼囚禁在它的下面，
生命之可怜的留残；

时光荏苒，留下一个该隐
受内疚煎熬没人关心，
对于一个女人太黑的报复，
他谋杀了她的情夫。

农妇的寒冬

一

如果季节全都是夏季，
树叶永远都不会落掉，
在窗扉上蹦跳的小鸟
永远不会没有了吃食，
体弱的人可以在这里，
躲避暴雨、躲避凄风，
那么我过去所见之人，
将会温暖我寒冷的心！

二

有个体弱之人朔风中
勇敢地耕作天长日久，
不能承受这天寒地冻，
现在他的犁锈迹斑斑。
冬天扼住弱小的事物
如此惨烈、如此凶悍，
我所恶的它给你带来，
我所爱的它无情摧残。

月亮，闭上眼吧

关上窗扉，拉上窗帘，
月亮，闭上偷窥的眼，
她穿戴着常穿的衣装，
在我们的鲁特琴封上
成年的尘土以及阅读
白石镌刻的名字之前。

为了一睹她的美容颜，
不要踏踩草叶的露珠，
猎户星座明亮的光闪，
大熊星座、小熊星座：
别走开！这样的夜色，
昏暗的星辰同样迷恋。

为了留住子夜的芳泽，
不要拨弄垂柳的枝叶，
当生存似乎成了玩乐，
爱仅仅为了爱的目的，
那芳泽唤醒了我和你
同样甜美的情趣感悟。

在普通的油灯的房间，
囚禁着我的思想眼界，
让暗淡的细节留下吧，
精雕细琢枯燥的语言：
生命早开的花太芳香，
而生命的果实太辛辣！

1904 年

死人蹀躞

他们当我是活人，
难道他们不知情，
我已死去了多年，
尽管仍没有葬窆？

我不过是个影子，
脉搏不跳的形式，
过去苍白的画面，
蒙盖的尘灰冷寒。

没有一丝丝预告，
不在辉煌的时刻，
我的大厅和卧室，
停止了时间魅力。

没有悲剧的变迁，
没有气息的交换，
无声的季节把我
引向冥界的阴暗……

我曾是吟游青年，

生命用诗琴相伴，
弹奏宇宙的节奏，
好像燃烧的火焰。

可是，当我凝视
人生的意义目的，
我浑身冷若冰霜，
不久便魂归冥乡。

走过地狱的大门，
看到了朋友亲人，
使得我呆若木鸡，
我死得更惨更深；

我的爱人在恨中
点燃了一丝温情，
为了什么我不晓，
进入地狱下一层。

如果我死得彻底，
肯定不能再言语，
变成了一具死尸，
就像现在的样子。

而这的确是实情，
我在消磨着时间，
在蹀躞，还有笑脸，
可我并没有生命。

她的定义

我整夜地徘徊至凌晨，
睡眠从未展翼向我飞，
急切地把形容词搜寻，
以恰当地描述你的美。

掠过了许多不宜的词，
我的姹女！留在心里——
从适当的描述里排除，
欲用模糊的词来定义。

普通的柜子贵重物品，
小心搬过贵族的大厅，
为了藏品，装具酸寒，
简单的词汇我能容忍，
认识到，外表的纯真
蕴含着最美丽的容颜。

1866年夏

离　分

雨打着窗扉，房门剥剥毕毕，
　　厉风肆虐着绿叶青草，
我身处这里，而她却在那里，
　　我们间隔着一百英里。

啊，亲爱的，若不是这天气，
　　啊，如果仅仅是距离，
使得我们彼此南北离分，
　　我们仍然会面露笑容。

可我们之间有个坚硬的东西，
　　没有什么能劈裂或排遣，
它不是暴雨，也不是距离，
　　甚至比岁月更加久远！

1893年

离别在平台上

我们隔着栏杆吻别；匆匆地
她离开了，一秒一秒地过去，
她的身影越来越小，直至
　　成为一个斑点。

极小的白点，一根绒毛一般，
顺着逐渐消失的平台飘呀飘，
飘过了来去匆匆的女女男男，
　　来到了马车边。

在忽明忽暗的路灯的下面，
在远远近近的人群的后边，
他们的关注与我们的不同，
　　她将无影无踪。

她又一次出现，我再也看不清
她婀娜的身姿，那洁白的星云，
她在我的心中远胜过我的生命，
　　已经彻底地消失……

那个温馨的日子，我们已相约，

在春暖花开的季节她再次出现——
或许仍然穿着那件柔白的衣衫——
　　但永远不是以前！

为什么，年轻人，你总是放飞
意欲重复的欢乐，若爱得真挚？
朋友，任何事都不会发生两次，
　　为什么，我不知。

四个足印

这里沙滩上留下了足印，
昨晚她和我站立的地方——
我们手握着手心贴着心；
上午的阳光使足印干亢。

我吻她因雨湿润的脸庞，
焦枯的悲伤烤干了眼泪，
而远处水坝汩汩的声响
听起来似乎睡眠的苦悲。

我嫁给了他，感受戒指，
一个星期前他给我戴上……
负责任的女儿做了这事，
然而不久之后就是放弃。

我的身心都已经属于你，
在他拥有前，他并不知。
他很自信。丈夫终会胜，
他说道。亲爱的，冲锋！

我走了，经过那个地点；

它只是难以隐忍的刺痛；
我曾拥抱的似乎不存在，
因为他们在蜜月中相拥。

长 叹

她的头依靠在我的肩上，
起初，接着似乎更勇敢，
目光向上望；
直至她羞怯地一阵抖颤，
回应着我给予她的亲吻；
她一声长叹。

长叹中掺杂着她的情感，
她所隐藏的一点点怆然，
它有所暗示。
不是她对我的爱已停止，
也不是还有谁比我重要；
她一声长叹。

强烈的感情她不能隐藏，
最最微弱的恐惧或怀疑，
倘若她试尝：
没有什么能使我们分离，
心灵说明一切；我纳闷
她为何叹息。

在此之后我对她全知悉，
她对我的爱坚定、真挚，
　　直至她死去；
但是她从未说明为什么
在第一次甜蜜的接吻时
　　她长长叹息。

记得那是我们五月花季；
而现在我已接近了冬天，
　　仍然在坚持，
直至约定的变化，心安，
有时我坐在那里，遗憾
　　她一声长叹。

深夜她来了

一天我离开时对她说，
无论什么忧虑的重负
会压迫我们的爱，时间
也不会对它任何改变。
深夜，她来到我这里，
牙齿脱落、老迈体衰，
两眼周围灰色的眼带，
眼角的皱纹粗重明显。

我郑重说道巍巍颤颤：
你是这样缠着我不放！
我说过，毁容的流年
不会给我们任何忌惮。
这是真的吗？她问道，
语气忽忽若些许惘然。
我闪烁其词：我在想
不会这么早对我考验！

她奇怪一笑旋即消失，
它的意义比语言清晰，
我坚定的誓言尚未能

掩饰她所断言的恐惧。
她的怀疑也在我成形，
翌日当我爱抚她之时，
我们似乎是已经分离，
中间有个无形的影子。

书信上的阳光

我取出了书信，斜阳
从云顶的上面闪闪，
凸显彩云玫瑰的边缘。

燃烧的火球抛洒光线，
宛若没有纬纱的经纱
穿越一望无际的草原，

直至我所站立的地点，
照亮作为证据的纸页，
表露她对我说的假言

似乎曾证明她的诚心——
充满对我的实意真情，
用其自身的炽热表明！

舞会之夜

冷月弯弯挂在天空的边际，
　　骋目把我注视；
群星，像白日梦中的眼睛，
似乎短暂地抑制向西转移，
　　好奇地向下凝睇。

年迈的罗伯特扔进了木柴，
　　木柴冒火冒烟；
半睡半醒的麻雀飞去飞来，
那边杂乱的草棚；猫头鹰
　　山墙的缝隙叫鸣。

远近的物件儿似乎都知晓，
　　这里要有好景象；
时刻在接近，一切皆备好，
欢迎邻里的话语以及打趣、
　　歌声，还有欢笑；

木塞被拉开、提琴齐响起；
　　那欢快的节奏
踏踩的是遐迩闻名的乐曲；

旋转中她将在爱情的私语
与我山盟海誓。

荆棘的声音

一

丘陵田野的荆棘，
赤裸着打着寒战，
中年人和老年人
走过那里进城去，
话语枯燥而沉闷，
似乎向他们倾诉：
啊，冬天的严寒
试图逗留在这里！

二

在一个炎炎夏日，
它头上长满绿枝，
母羊迷失了路径，
在它的阴凉休憩，
借着和风的气息，
询问每一个旅人：
有谁不愿意分享
荆棘投下的阴凉？

三

不管是黑夜白天，
无论是寒冬夏季，
我都会来到那里，
走过漫长的丘陵，
倾听着它的音声，
那是唯一的话语：
这里曾有一颗心
伤透了，靠近你。

他发誓拒绝爱

最终我打发了爱情，
大约二十年的光景，
我内心里的公断人，
还有希望以及行动；
由此而感觉着羞愧，
而且常常诚惶诚恐，
孤独忧伤，成为他
追求中的结伴弟兄。

自从首次青春时期
惆怅把心灵来奴役，
壮年老年伴着忧愁，
成为我的常住房客，
并且呆呆地盲目地，
我离开了亲人朋友，
唯有他获得了尊荣。

我像一个孩子一样，
离开了父母的关心；
我没有退缩或叹息，
我也没有病魔缠身；

啊，爱情向我招手，
可是我却一无所有，
饥饿、干瘪、贫困，
而且惹了一身热病。

有多少次已数不清，
燃烧着虚幻的火焰，
全由他的狡诈引起，
陷入一次次的亲密，
我采用固执的方式
及毫无道理的愤然，
回报他友好的容貌
那迫不及待的微笑。

我再也不会审视
普通的异宝奇珍，
子夜飘落的甘露，
金黄的昏暗时辰，
萧萧瑟瑟的罡风，
颤颤巍巍的美人，
那些梦境的事物，
比现实的更悦目。

我说话的样子似乎
经历了生活的痛苦，
好像能够最终拥有
清楚而确切的视野。
可是爱之后是什么？

一个场景闷闷不乐，
几个时刻忧心惙惙，
接着是大幕的下落。

1883 年

让我享受

一

让我尽情地享受大地，
因为启动万物的力量，
它播撒了大地的美丽，
有与快乐不同的目的。

二

我的路途有一个美女，
既无言又没瞟我一眼，
傲慢的神态让我着迷，
不属于我的唇真秀丽。

三

从那广为流传的歌曲，
未知的景色梦幻启迪，
抛洒属于他人的狂喜，
似乎它们属于我自己。

四

总有一天，向着天堂，
它的幸福，如果这样，
我将抬起欢欣的双眼，
尽管没有容我的地方。

在卡斯特桥集市

一

民谣咏唱

唱吧，歌手，唱起欢快的歌谣；
让我彻底忘记，曾经有一个人
与我一起在淡淡的月光下漫步，
　　那是一天活计的结束。

唱吧，歌手，唱起乡村的歌谣；
让我彻底忘记，我曾爱得真挚，
她发誓要爱我真切，爱到永远，
　　可是后来，我哑口无言！

唱吧，歌手，从你的歌谣手册；
让我彻底忘记那些伤心的往事，
让我忘记她的名字、她的笑脸，
　　让我忘记她淌泪的眼。

二

以前的美人

集市上的中年妇人，施粉淡淡，

她们的肤色干燥，
难道她们是我们以前爱的对象，
集市上向之诉说衷肠？

难道她们就是面如桃花的美女，
在夏日的林荫处，
靠着佛鲁姆或布德莫斯的河岸，
我们发誓要娶？

她们是否还记得我们唱的歌曲，
手舞足蹈在葱葱草地？
啊！手舞足蹈一直到月亮升起，
照在地上如绸面缎丝？

她们肯定忘了，忘记了！她们
不记得曾经的样子，
或者记忆会把她们改变，觉得
自己永远漂亮美丽。

三

舞会之后

东边山岗黑黝黝的斑纹，
西边大海黑黝黝的斑纹，
他不朝大海也不朝山岗，
偏偏朝我蹙着眉头斑纹。

天色渐明，我心里郁闷，

我不能畅饮美酒的甘醇，
我举步离开欢乐的人群，
以及我的那位青年郎君。

路边的榆树在我的身旁——
树上的鸟儿向着我张望，
我为什么这样郁悒羞惭？
她们的作为与我的一样！

四
售卖姑娘

没有人注意她站立在大路的边缘，
她渴望卖掉蜂蜜苹果和捆捆蔬菜；
如果她随之卖掉自己和她的穿戴，
我怀疑是否会有人停下来讲价钱。

我路过时碰巧瞅见她红润的脸庞，
我说道：可怜的姑娘，没有人买？
如此而已；很快便知道结果怎样：
尽管没人出价，我却获得了大奖。

五
问　话

你是否来自名叫赫米的村落，
伊乌尔大道旁边的赫米村落，
在赫米这个村落你是否知道

一个覆盖着绿植的茅草房屋?
约翰韦伍德仍然在那里居住?
这个名字的他曾在那里栖身,
那时父亲曾在山坡竖立围栏,
　　说话已大约十五年前。

他现在是否还提及比奇帕蒂,
那个他过去常说的比奇帕蒂?
或曾经问及比奇帕蒂此地外
是不是被人听说或为人所知?
问一问她是否仍然活在人世,
以及她现在可能在何处居住,
她是如何熬过这岁月的艰苦,
　　这么多年风风雨雨?

在赫米这个村落过去的年月,
这张憔悴的脸庞被认为俏丽,
现在已丽容不在,而在赫米,
我们也曾发誓他发迹后结婚。
可是他和我都不曾有过机会,
而且等待使他的愿望成泡影,
使得男人的爱情消散的时间,
　　却让女人的心仪不变。

六

妻子在等待

威尔在下面俱乐部里翩翩起舞,

那里长脚杯美酒溢出；
十字路口的角落里我独自徘徊，
等待，等待着他回来。

威尔和他的舞伴正在婆娑翩跹，
他们相伴是情缠意绵；
威尔，在我们成婚的六月以前，
说爱我一人直到永远；

他说要抛弃他以前所有的痼癖，
与亲爱的人永不分离。
威尔在下面俱乐部里翩翩起舞，
我等待着，战战栗栗。

七
集市之后

歌手离开了熙熙攘攘的市场，
带着印着歌词的传单，
街里他们的高低音不再回响，
不见了他们蹦蹦跳跳，
热闹的广场也成了昏暗地方，
只听见钟声续续断断。

从钟楼的角落，处处叮咚作响，
人们慢慢移开了脚步，
他们穿过小桥分散到僻径窄巷，
或走在肥沃的土地上；

年轻人哼哼着刚才听到的小曲，
　　老年人巴不得在炉火旁。

羞答答的少女在集市一声不响，
　　现在却是喋喋不休，
那个男人刚才还如此得意扬扬，
　　现在却是头垂气丧，
那个女人刚才还如此愁眉锁眼，
　　现在却是神采飞扬。

子夜时分，大街里已空无一人，
　　逗留的是市民的幽魂，
最近的亡灵和古老的罗马大军，
　　他们的遗迹我们见瞅，
他们曾经恋爱大笑、欢呼打闹，
　　这时刻相会于集市后！

1902 年

春天的呼唤

西撒克斯的明媚韶光，
乌鸫鸟欢唱美丽春天！
用的口音与我的一样，
西撒克斯远近皆听见。

它声音高昂欢快歌唱，
不像旅鸫鸟声音弱小，
尽管它也把春天咏唱，
倘若乌鸫鸟对此知晓。

它们也在唱明媚春光，
在苏格兰的天空翱翔，
美丽春天在郁郁丛林，
在中撒克斯或者附近。

有人说道，或许玩笑，
爱尔兰岛屿颇为熟悉，
美丽春天，口音深沉，
因为歌者是如醉如迷。

当它们听见美丽春天，

倾听的鸟儿会怎么言，
口音听起来尽管陌生，
这就是我们欢乐心声。

配对的季节这个地方，
一旦目光落在它身上，
黎明时分春天的呼唤，
欢乐的歌声遍地播传。

朱莉-简

唱吧！她唱得多么动听！
当我们收获后赶车经过，
头顶明月或璀璨的繁星，
她会提高嗓门声如银铃。

跳吧！她跳得多么欢快！
如果有琴声这时响起来，
她会撩起裙子嫣然一笑，
并且一圈一圈不停地跳。

笑吧！她笑得多么开心！
她粉红的嘴唇微微开张，
等待着一位情人来狂饮，
那只是内心深处的向往。

朱莉！多么快乐的姑娘！
很快，很快来了那情郎，
是的，还不知道他叫啥，
却给了她一个婴儿抚养。

为她鸣钟，正如你所想，

还有她的婴儿，是这样。
你知道待字闺中的情况，
那丧钟恰恰是为她敲响。

她笑了笑说道：我觉得，
我不是妻子，应该脸红，
至于活着的时候做什么，
有啥关系，很快就殒命？

我们坐在那儿为她守灵，
在她的棺木旁，她说道：
乡亲，怎能离开了情人
来这里为我护丧守柩灵？

噙着泪水的明亮的眼睛！
可是现在再也不能开睁。
她死前已选好了护棺人，
都是她的粉丝她的情人。

来自她母亲的消息

一

一英里之外
是你的家门，
我的娘亲！
收获的季节，
磨盘在转滚，
苹果熟透，
苹果汁如酒一样甘醇。

二

可是看不见
她在做什么，
四周一片，
我激动不已，
我心中怡然，
跳跃不止，
像个皮球或羔羊一只。

三

现在不颤抖，

命运捉弄人，
尔曹真愚蠢！
人们在催促，
赶快来结婚，
无论贵与贫，
一体是俩叹息的半心。

四

而我在纳闷，
是否会分离
她我的关系？
她肯定思忖，
我这么认为——
我想属于他：
她不会像我一样对他！

五

棕色的旧墙，
马厩和谷仓，
你终于来了，
我的亲娘！
难道会有人
夺走你的爱，
近在咫尺却远在穷塞？

回　家

厉风萧萧吹拂着英格兰高地，宽广而苍凄，
这座房子孤零零、黑乎乎，很少有人莅止。

别把眼睛揉红了，我们到家了，不用担心；
晚饭我们有蛋糕和腌洋葱，还有几个梨子；
我有一小桶浓烈的苹果酒，楼梯下面储存：
什么？是你丈夫留下的？姑娘们有自己的！

冬天的凄风顺着烟囱呜呜响，像号角一样，
房子的四周以及远处草黄叶秃，萧瑟荒凉。

可是，我亲爱的小宝贝，你怎么终于同意，
在伊乌教堂今天早晨？在那里你与我结婚！
哎呀！我也不知道。我忘了多么荒唐离奇，
我希望现在在家里，一起与我的父母双亲！

厉风萧萧吹拂着英格兰高地，宽广而苍凄，
这座房子孤零零、黑乎乎，很少有人莅止。

可是我不认为这一类的东西全都是属于你，
屋顶上黑乎乎的檩条，地板上破烂的石头，

乱七八糟的钢刀铁叉，脏兮兮的银质盘子，
烟囱旁边的破瓦罐。哪来的，连我也不知！

屋门咣当咣当地响；吹进来一股黑烟婆娑，
寒风向北吹过，横扫了屋子里每一个角落。

靠着炉火坐下，小宝贝，让自己彻底放松：
把你的手指从你的嘴里拿出，亲爱的宝贝，
我要为你唱支歌，唱的是可爱的鲜花蜜蜂，
还有幸福的情侣悠闲地散步在芊芊的林丛。

厉风萧萧吹拂着英格兰高地，宽广而苍凄，
这座房子孤零零、黑乎乎，很少有人莅止。

请不要咬嚼你的手绢，那会伤着你的小手；
那是因为你还太年轻，如果你觉着不自在；
可是你会渐渐长大，像我们一样，不久后。
你也会逐渐了解我，绝不会让你受到伤害。

罡风从白毛山径直吹来，吹过了小巷大街，
篱笆、树木、路标、杂草，吹得东倒西歪。

倘若我早知道，亲爱的，情况是这个样子，
我娶的就是成熟的姑娘，她把我爱得真挚。
可是我不能够；我几乎想一个人跑向海洋，
让你赤着脚独自走回，回到你的父母身旁！

顺着这堵墙上沿着那堵墙下，穿过了门窗，

凄风肆虐着，在那边一条窄巷里呜呜作响。

我，我不知道如何说好，既然已是你的妻；
事情已经这样，我想，这就是我住的地方。
可怜呀！既然你很善良，我要与你在一起，
尽管我还是希望与我的父母双亲待在家里。

厉风萧萧吹拂着英格兰高地，宽广而苍凄，
这座房子孤零零、黑乎乎，很少有人莅止。

这就对了，我的心肝！尽管身处荒凉之地，
寒风吹得萧萧瑟瑟，我们的晚饭要喜滋滋。
所以，请不要那样郁郁不乐，朝我笑一笑，
不久你就会忘了父母，再也不会唉声叹气。

1901 年 12 月

鲁莽的新娘

乡村合唱队的一个经历

一

我们唱圣诞的颂歌，在山谷上，山谷下，山谷的周缘，
我们嬉戏，我们歌唱，我们那天晚上如年复一年一般——
我们唱着小调的圣诞颂歌，我们唱着大调的圣诞颂歌，
走过了每一户每一家：愿你吉祥如意！祝你圣诞快乐！

二

接着，约翰和我还有其他的人，拥向了小寡妇的家门，
我看得出来，约翰内心里兴奋异常喋喋不休难以停下。
那小寡妇确实年轻貌美，约翰正打算着与她合卺成婚，
在她的窗下门外唱歌，那孩子似乎觉得很是罗曼蒂克。

三

我相信，她会和着我唱，他说道；我的好意她会回报；
接着，我将会轻轻地与她接近——完全出乎她的意料。
因为，她不知晓你们和我在一起，我上前称呼她亲亲，

她的声音会充满了柔情，羞羞答答也会流露她的眼睛。

四

因此，她窗外的空地我们站立，手里拿着红红的灯笼，
约翰与我们在一起，我们停止了唱歌，等着一个手势；
我们颂歌唱了三次，屋里点亮一盏灯，而她朝外睥睨，
睡衣外面裹着一条围巾，她的面容如酒一样红红彤彤。

五

接着，脸上涌起一个酒窝，温和地她弯腰向我们致谢；
这时，屋子里在她的身后，一个男人冒了出来冷不丁。
我认得他——来自乌尔科姆村庄的吉尔斯，千真万确，
他热心然而仓猝；我觉得，奇怪的事情很快就会发生。

六

他怎么出现在这儿？我们寻思；她结了婚，有谁知道？
她昨天上午结了婚，这个秘密，只有她的母亲知晓。
有个人尖声说道；我告诉了你们，让我们给他们祝福！
我们一片乱哄哄，约翰石头一样滚下去，不知在何处。

七

我们向他奔去，找到他并把他扶起，回到她的房屋前，
这时，听到了外面情况有些不对劲儿，她打开了窗户：
你们是不是有人病了？她问道，是不是晚上劳累过度？
没有人回答。我们觉得，她不该这样对待可怜的约翰。

八

直至迈克尔开口说话：嘿，年轻的女人，奸诈的女人，
不守信用，年轻的女人，蹬了约翰，与另一个人结婚，
他真心待你，今晚他跑了这么远，是想给你真挚祝愿，
作为你未来的夫君，为你唱颂歌。你定会为此而悔恨！

九

她的男人一句话也不说，站立在后面却听得真真切切；
他现在大声说道：乡亲们，我朝天发誓对此绝不了解！
接着对她说道：如果我知道你有两个人而并非我一个，
你绝不会成为我的妻。这个婚姻的幸福，代价太昂贵。

十

她脸色煞白鬼魂一般，她一声大叫，好像是悲痛欲绝，
这样的叫声我们从未听过：她似乎伤心至极肝肠寸断：
我们默默无言；突然，她转过身来冲出门外，霎时间
无影无踪，她的丈夫远远地跟着；不知道她去了谁边。

十一

我们寻找了房子的周围；房子的里面以及房子的外面；
我们寻找了墙脚下生长的树丛，我们寻找了乱瓦破砖，
我们寻找了储存着过冬的干菜腊肉、乳酪食品的库房，
寻找了棚屋、阁楼以及奶牛场；可是找不到她的踪迹。

十二

接着，约翰跑进来：朋友们，听听这个，这个，这个！
他低下了头；我搜寻了水井的周围，井盖不盖在井上！
我担心——我不敢说——把灯笼拿过来，再拿些绳索。
我们拿来了绳索和灯笼，站在深深的、黑黝黝的井旁。

十三

接着，他们手里拿着绳子——我、约翰，所有其他人，
我把一个灯笼顺着井放下——大约一百英尺或者更深；
灯笼忽闪着，像雾中的星光；那里，灯光下就在深处，
漂浮着白色的衣服；那意味着什么，我们都十分清楚。

十四

什么也不用说……星期二我们葬了她。邻居们抬着她；
吉尔斯——刚刚与她完婚的他——人群当中他最怅然，
走在送葬队伍的最前面，接着是约翰，他不停地抖颤，
现在稍镇定；我们合唱队围绕着坟墓，是当时的习惯。

十五

我们年迈的男低音歌手，据我回忆，银白的头发飘起，
为什么要回忆！他的提琴断了弦，注定会很快跟她去，
他歪腰鞠躬，脸色苍白抖抖颤颤；我们大家跟在后面……
我们咏唱了诗篇第九首，用的是圣司提反的圣歌乐曲。

逝去的合唱队

一

就在记忆之土地的旁边，
教堂的大路通向呻吟山，
伤心的人叹息他的幻象，
他似乎仍在不停地息叹。

二

圣诞节的前夕，村民们
以古老的热情欢天喜地，
前些年村子里的合唱队，
早已经偃旗息鼓无声息。

三

老杜维躺在干瘦榆树旁，
鲁本和迈克仅仅一步远，
与家人在一起的是伯曼，
紧挨着青藤缠绕的高墙。

四

一个接一个，歌手都去世，

高音、中音，和低音通唱；
没用的下三滥却粉墨登场，
开始侵蚀他们磨铸的位子。

五

近二十年来，圣诞日前夕，
村庄里回响着他们的歌，
可是现在整个夜晚无声息，
听不见圣诞颂歌和乐曲。

六

距离三块地，有一个酒馆，
年轻人聚集，在那里狂欢，
一排排安坐在高背长椅，
一些人喝得是烂醉如泥。

七

一些人大声喊，肆无忌惮，
颤颤巍巍的腿，嬉闹不止，
伊丽莎、多莉，还有南茜——
她们与这种狂欢形影不离。

八

炉火红腾腾，蜡烛烁闪，
从烟雾缭绕到灯光灿灿，
主题与圣诞无关的歌曲，

那晚他们唱得酣畅怡然。

九

可是这样的夜晚聚集的人，
许多都是逝去之人的子孙，
在这宁静的时刻开始低唱，
安魂的乐曲，朝向着天堂。

十

午夜的钟声敲响，这时候
有个人大喊：圣诞的清晨；
祝福女人们，年老和年轻，
祝福送给在场的每一个人！

十一

他们彼此祝酒又大声叫嚷：
器皿的碰撞声也此起彼伏，
突然，在酒馆整个的房屋
一片地寂静，哑然无声。

十二

此时此刻，在过去的年岁，
村里的合唱队和管弦乐队，
弹唱的歌都是祝祷和赞美，
这个悠久的传统他们继承：

十三

牧羊人深夜里照看着羊群——
这首熟悉的歌曲村里回荡，
歌曲悠扬像交响乐的旋律——
天国的荣耀光照四面八方。

十四

儿子们模仿着父辈的嗓音，
他留下的寡妇他曾经婚娶，
其他的人低沉的嗓子唱吟，
逝去的歌手那幽咽的提琴。

十五

似乎歌曲弥漫着天籁之音，
随着赞美歌一曲一曲弹唱，
寻欢作乐的人屏住了呼吸，
安静地注视着放歌的地方。

十六

在圣歌结束时的和谐中，
曲调渐弱渐远，荡气回肠，
可是仍然久久余音绕梁，
宛如一群六翼天使在歌唱。

十七

紧蹙着额头，虔敬的步态，

谛听的人走出酒馆的门廊：
可是，只有那淡淡的月光
铺洒在空无一人的大路上。

十八

他们听得聚精会神的时候，
那天籁之音似乎渐渐消散，
好像它沿着弯弯的小河边
轻柔地飘向远方，飘向远方……

十九

沿着那弯弯曲曲的罗姆河，
活着的人追随着亡人死者；
前面那无影无踪的合唱队，
仍然在咏唱着神曲圣歌。

二十

穿过步行路雪白的栅栏门，
在两道树篱的围栏间行进，
活着的人紧紧跟随，一直
来到教堂小巷的尽头底止。

二十一

那里，转弯处，人们听见
歌声进入了旁边教堂墓地：
当人们跟随歌声来到这里，

它渐渐消失，已无声无息。

二十二

合唱队的人的每一块碑石、
每一个坟冢，映入了眼帘，
整个墓地月光下一片沉寂，
哪里还有古老的圣诞颂歌?

二十三

老杜维躺在干瘦榆树旁，
鲁本和迈克仅仅一步远，
与家人在一起的是伯曼，
紧挨着青藤缠绕的高墙……

二十四

每一个神情严肃的子孙，
好像是大梦初醒，思忖着:
据说，这些人当中没有人
再去哪个酒馆里寻欢作乐。

二十五

伤心的人停下来，停下的
还有倾听的人，穿过草地
从呻吟山直至未耕的土地——
那是一片记忆之土地。

1897 年

吸血鬼美女

吉尔伯航海到了印度海岸，
我现在是独自一人：
我的东家来到我开着的门，
说道：啊，大美人！

他依靠在倾斜的梳妆台上，
叹道：我想死你了！
主人，我说，请您别这样，
我是个已婚的女人。

他依靠在倾斜的梳妆台上，
接着的话更加苦涩：
这一切我知晓，我都知晓，
我的爱仍然在燃烧！

既然你把我的爱抛掷一边，
既然没有救治良方，
我不得不远去，越远越好，
独自忍受爱之痛伤。

当秋色染黄了那边的山谷，

染黄了高高的山岗，
蜀葵的鲜花在草地上遍布，
我的东家卧病在床。

东家因为爱我而卧病在床；
吉尔伯在异国他乡；
情况就是这样；时间目击
我住进了庄园宅邸。

庄园宅邸卧室的四面八方，
报春花翘首笑盈盈，
终于，一天有人捎来了信，
娶我的那人回家门。

我的丈夫吉尔伯正在路上，
他乘的船进了港湾，
当他发现我不在他的家里，
我怎么办，怎么办？

喔，我会医治好那些创伤，
我所给你的也给他。
富裕的生活我将会赋予他，
只要他离开奔异乡。

吉尔伯回来后我们均想到：
既然有富裕的生活，
他说道，不费劲就能得到，
亲，你就是他的了。

我的东家真是慷慨，金银
　　吉尔伯手里攥得紧，
我更是花言巧语得寸进尺，
　　三个兄弟掌管土地。

接着，我又一次弄舌播唇，
　　让他安排七姑八姨，
目的是在他变得薄情之前，
　　他们获得最大利益。

接着，我贪婪地想要获取
　　他的珍宝他的金银。
他哀伤道：亲，你真贪心，
　　拿走一切法律所许！

这样，寥寥几年他的财富
　　全都进了我的仓储，
我的管家兄弟，连偷带盗，
　　各自的金钱均不少。

此后他常常漫步表情沉闷，
　　久而久之，他开始
大声地说话，面对着苍旻：
　　我是一个败落之人！

他说道：想象我几乎不堪，
　　我第一次见到你时，
温柔的眼睛，玫瑰色的脸，

现在让我成了穷汉！

看到他把家里的一切典当，
他自己也肌瘦面黄，
我清楚，为了我和我的人，
他的庄园名存实亡。

下个月一个星期日的清晨，
附近传来枪响一声，
我的那位贵族出身的主人，
亲手结束自己的生命。

不要离去，我亲爱的主人，
财产将会物归原主！
他微笑着说道：鱼和熊掌
哀哉，怎么能兼顾！

我在他的橱柜里到处搜寻，
信件、钥匙或遗嘱，
没有离开我他深爱的眼神，
这一幕的确很感人。

我把所有文件放在他面前，
把它们全部都烧焚，
我对妥协的恐惧他不怨恨，
我心里有些许安慰。

锥形的干草堆金黄的色泽，

我目睹他魂飞气咽：
此时此刻我开始自艾自怨，
我害了他，我的错。

至少，已经过去三个星期，
悲伤的语言难以表，
一封信递到吉尔伯的手里，
如此这般沉重打击。

我穿着丧服，尽管很得体，
来到一时髦的城市，
那里我又与我的丈夫团聚，
生活又充满了活力。

尽管我现在享受骄奢淫逸，
吃喝、跳舞、刺激，
我愿换回我的主人的性命，
用我绿宝石的戒指。

狩猎的日子人们聚集一起，
地点在墓园的近旁，
我离开了逢场作戏的情郎，
鲜花放置他的坟墓上。

有时候会说：或许已太晚，
天堂的圣人在悲叹
那温柔的时刻，命运捉弄，
他来到了我的门前。

漫游者

我看不见周围的山脉，
也看不见丛林的色彩；
尽管土地上青草芊芊，
雏菊也在我视力之外。

布谷鸟藏在枝叶下面，
她们的低吟我听不见，
夜莺的喉咙啾啾颤动，
棕色的天棚笼罩向晚。

每个枝叶、每个虫鸟，
全都体现了神圣之爱，
这样的赞美并非我造，
获得了上天持久关怀，

四周我所听见的曲调，
形状、意义映入眼帘，
全都是我失去的往昔，
现在我的感触已太晚！

提　醒

我凝视着圣诞夜的火光
把房间映照红宝石一般，
不知怎的我的目光移向
外面白茫茫霜雪的景象。

那里为了啄食一个梅子，
一只乌鸫鸟费尽了辛劳，
于寒冬受限于残渣为食，
对这样的恩惠万分感激。

啊，饥饿的鸟，为什么！
当我享受每一天的欢乐，
任何凄凉悲苦也看不见，
你使我注意到你的辛酸。

种植松树的人

马蒂·索斯的白日梦

一

这里我们在种树，
无论强风或阵雨，
我双手扶着小树，
他往树坑里填土。

而他没有注意到，
无论我在做什么，
我都站立着不动，
我浑身上下寒冷。

他的眼神流露出，
他看见一个佳丽，
眼神从我身边过，
似乎我不在这里。

自从她走过这里，
他几乎一无所知，

这片茂密的树林
勾住了他的灵魂。

自东方刚刚破晓，
我们就开始种树，
他脑子忙于思考，
而我也没有偷闲。

我一直帮他种树，
已经这么多时日，
开始从他的嘴里，
没有一句话鼓励。

是否我要向他表白，
我持续不断地种树，
与他在一起很欣然，
尽管希望一去不返？

不，尽管他不知晓
我心里头爱的味道，
我将把它心中隐伏，
永远不会把它表露。

二

从手边的一捆树苗，
　　拿取每一棵，
让它直立，在这里，

永远在这里；
可是，在另一时刻，
似乎因恐惧，
生命未经熟虑深思，
起始于这里，
它起始于一声悲叹，
黑夜和白天，
平卧在那里的时候，
却是无声息。

它悲叹于清晨黎明，
悲叹于亭午，
于冬天的寒霜坚冰，
六月的惠风；
命运之神从未莅临，
而伤心万分，
倘若永远是颗种子，
并永远阻止
外界杂乱事物入侵，
干旱和风雨，
也不需要东躲西避，
令人多惬意。

因此，为谁为什么
在这里生长，
这荒芜不毛的地方，
一切都不知，
它在这一生这一世，

永远会悲伤，
不能离开这个地方，
或环境改变；
讲我们今天的故事，
有那么一天，
我们须发白身体弱，
命赴黄泉。

亲爱的

我长途跋涉到那座山岗，
那里有一位美丽的姑娘，
她正漫步在路边的草地，
我不要她有任何的忧伤。

我不知日复一日的太阳
如何引导她的旅途行程，
我真切希望有一种力量，
让她乘坐着护卫的翅膀。

勤奋的蜜蜂来到了山岗，
用红色打扮了她的双颊，
她的头发卷成一团雾状，
我说道：早安，亲爱的姑娘！

她瞟了我一眼转向远方，
高傲的神情严肃又端庄，
你也早安，她接着说道，
可我不是你亲爱的姑娘。

亲爱的属于他不在山岗，

他远离了他可爱的家乡，
我再没有试图让她明白，
她姗姗离去从我的身旁。

1901 年

她听见暴风雨

曾几何时前些年，
我的房屋属于他，
在这样的夜晚，
恐惧让我难释怀。

我会焦虑地咕哝：
狂风夹杂着暴雨，
他的路上无树丛，
他已经老态龙钟。

烟囱阵阵地呼啸，
树林也呜呜地叫，
河水漫过了堰堤，
村庄耕地全是泥。

蜡烛摇曳个不停，
暴雨击打着屋顶，
窗户上滴滴答答，
凉亭上噼里啪啦。

行人是什么滋味，

我并不在意关心；
他住在她的屋里，
赢得了她的芳心。

一个雨夜

我跋涉前行，雨点击打着我箭一样，
一英里又一英里，在泥泞的小路上，
爬上了山坡，又穿过灰蒙蒙的草地，
绕过街角的大树，走进湿滑的小巷；

浑身泥泞，湿漉漉的衣服裹在身上，
黑夜渐渐地吞噬了远处微弱的灯光，
让雨水滴个不停的黑暗统辖了世界，
我说道：可以载入史册这艰难竭蹶。

然而，已消亡并被忘却的我的祖先，
遭受更大的困苦，道路也尚未辟出，
黑夜和暴风雨无疑是敌人令人恐怖，
无数次，他们跋涉于这同一条路线，
坚忍不拔无声无息，尽管命途坎坷，
把这样的艰难困苦仅视作家常便饭。

致真诚

啊，真诚多么的甜蜜！
现代手段实施的地方，
哪有你的存在和场地？

生活悲惨得无以言表，
绿色永远被雾霾笼罩，
信仰腐烂被埋入尘土；

年轻人可能已经预晓，
成熟的季节已经表明，
习俗喊道：把它扔掉！

说你快乐，尽管悲伤，
相信，尽管没有信仰，
不曾睁眼，已经看到！

愿人们关注真实事物，
凝目审视明白的事物，
学会承受失宜的事物，

真理会修正外表现象，

事实纠正对它的预判，
生活是生命最强能量。

1899年2月

未出生者

子夜我起身，谛视
尚未出生者的穴洞，
围着我簇拥的形体，
追问着生命的信息，
祈祷那无声的神灵，
加速它降临的黎明。

眼睛显露天真的信任，
希望浸润着咿呀声音；
那是不是美好的景色？
美景一片，欢乐无限，
一切都温柔真实公正，
黑暗从来就不会出现？

因为它们我很是忧戚，
我不知道说什么才好；
它们描述我阴沉容貌，
似乎阅读到深层意义，
追溯怜悯不屑的消息，
真理从不会进行解释。

我默默地转身往回奔，
目光仍然凝视着它们。
它们仓促忙乱跟出来，
像决堤的水向外流泻，
进入它们期待的世界，
由内在的意志来裁决。

1905年

贵妇人的故事

约 1790 年

一

我们迈着沉重的步伐，
我和他，
温暖绷着苍老的面孔，
阴沉地，
因为，某事烦着我，也烦着他。

灯笼微弱的光照亮了
灰色的客厅，
古代的徽章反射着
炉火和墙壁，
长久消失的形状将永久地消失。

亲，为什么夜夜日日，
我如是说道，
没有笑容却唉声叹气，
似乎散去的

是生命的花朵，美好的全死了。

既然无言使得你悲伤，
他回答说道，
而且我讨厌欺骗撒谎，
你如此努力，
亲，我敢说，时间让我们分离。

他紧抓着我，我记得，
恰好像我们
生活在六月（九月份
是那个时分）；
我们进行前走，至他再次开口：

苏珊，一个哑剧演员，
曾大声说道，
在伦敦这个快乐夏天，
我受到吹捧，
行业的明星，是被这样尊称。

可是，在我面前光闪，
那位苏夫人；
她向我发了神的誓言，
人们不知晓，
为了她的缘故，我与演艺再见。

天哪，你父亲的原谅，
我已争取到：

对于儿子，他的心肠，
不再那么冷，
宽恕了我们，而且不失其尊严。

可是说道，你可记得：
至于苏珊，
我要见她；在我身边，
尽管，
是坟墓，而不是我钟情的舞台！

他为我们提供了房子，
在僻静之地，
爱情使我们这样陶醉，
像香膏一样，
歌鸫乌鸦和书籍，我们的相知。

我们这里平静的日子，
接着很离奇，
过去舞台噪杂的快乐，
范围很宽阔，
可是，我从来没想到要变一变，

直至今日，流光逝川
模糊的双唇
把我召唤至幕布前面，
一次又一次，
又一次我踏上了曾踏过的舞台。

一晚，最后且唯一的，
我去世之前，
面对灯光，过去一般，
复杂的心情，
仅有的一次，凝视每一双眼睛。

这是他的愿望。恐惧，
彻底的恐惧，
尽管记忆十分地珍惜，
我，也一样，
更加地恐惧；谁知道什么结局？

天哪，亲！我接着道：
既然是这样
莫大的愿望，为什么
把它弃放！
竟然不顾你对父亲和我的承当……

这一切已经不能改变，
再也无言；
我们的沉默才被打断，
仅仅涉及
他离开后所需要的那些小物件。

他与我道了别，说道，
这没什么，
因此向他的才华屈挠；
说完以后，

他走出门，既然已决意要走。

执拗的思绪对我嘲笑，
那真是徒劳，
希望他能够回心转意，
回到我身边：
难道一跃能让急涨的情绪消失？

我想：某个疯狂女伶，
毫无廉耻……
不能这样：对他怀疑，
不近人情；
尽管孤独的内心难以假装高兴！

二

美梦成真，我很兴奋，
诺言兑现了，
他回来了。可是伤心
很快取代了
我的问候所赋予的那种欢欣。

有一个敌人。他的心
已经疏离。
我每一个热情的举动
对他的触及，
不过是草率冷漠的行为而已。

我完了！他阴郁沉闷：
我继续演
老角色。但哑口无言，
记忆丧失——
接着，我病倒了；我的心思

陷入令人沮丧的事情，
所有的憧憬
似乎都值得我去掌握！……
然而结果
似乎都是我造成的；怎么说呢！

时光荏苒；我只好恳请，
他晓得
我对他的信任和坦诚
自始至终，
我对他的伤害，可以弥补纠正。

信任坦诚！字眼真美好！
他喃喃说道，
那是婚姻的财富，而我
慷慨地放弃，
你却坚守着。亲，你对我怀疑！

我待要再次向他恳求，
急急匆匆，
这时，他伸出了双手，
与我相拥，

缠着我在大厅踱步，曾经一样。

我从来没想着引导你
去拥有一切，
他说道，可我看见你
靠墙站立着，
半掩着身体。因此我彻底完了！

何时？何地？我问道。
那晚的演出，
怎么？你竟然偷窥我；
不要怀疑我；
接着，真的，我的心被你偷走。

我从未登过那个舞台，
而是进入
反锁的房间，没人见，
拉着窗帘，
日夜漫长；我说道，神情恍惚。

不！你的身影和衣服，
长裙和斗篷，
带帽的斗篷，和身影，
不那么高兴，
那晚，苍白的脸看着我，他说；

而在外面，我搬给她
一把椅子

（这种场所，绅士作风，
我没忘记），
那位女主角，而你在楼梯窥视。

我仍在恳求：说真的，
如果我去了，
那么，我肯定是疯了，
亲爱的，
穿着熟悉的服装。他没完没了，

坚持他不会产生错觉，
也不会出错。
我觉得自己彻底崩溃，
巴不得去死，
他竟然这样认为他的结发妻室！

他唠唠叨叨像是咒诅，
他病病恹恹，
损害了他曾经的风度；
对我很厌恶，
他沉思，他郁闷，他每况愈下。

词语没作用的情况下，
思想生效果：
是我的幽灵，投射的，
他寻思着，
我紧张的大脑在家里影响了他。

他的疑虑越来越强烈，
直至他归天；
再也没有其他的诱惑，
他入土为安，
旁边为一人准备了小小的墓穴。

三

夫人的故事讲到这里。
现在她同样
躺在那间终极的密室，
黑暗而苍凉，
与她深爱的人，在村庄的墓地。

一块石碑放置在那里，
桌面的样子，
两颗镶嵌的心紧相连，
望眼欲穿；
看到这名字，我们禁不住深思；

我们纳闷：因为妒忌，
她紧随而至？
难道那辩白无据无凭？
或者他看见
一个相像的女人？真的有幽灵？

倘若去了，她的名誉，
众所周知，

最终证明她清白诚实，

直至她讲述——

（只有他，其他的如这诗行所述。）

永远是带进坟墓的谜，

随它去吧！……

一个人永不会指责她，

如果他猜想

她的确去了。她对他了如指掌。

梦幻泡影

冬天的雨，凄凄沥沥，
淋湿我的帽子我的头，
顺着脖颈往我身上流，
可是妈妈对此并不知。

我们在外面冻得发抖，
地上的积雪一尺多厚，
这是多么高兴的事，
可是妈妈对此并不知。

萝茜昨夜找不到家，
她不知道往哪里走，
她心里着急又害怕，
可是妈妈对此并不知。

维利被灌得醉醺醺，
那是圣诞除夕寻开心，
维利喝醉是寻常事，
可是妈妈对此并不知。

我们多么野，多么疯，

放学后回家慢腾腾，
妈妈不会为此而生气，
可是妈妈对此并不知。

她死的那天我们悲戚，
邻居交头接耳声音低，
我们只要随心所欲，
可是妈妈对此并不知。

双生姊妹的相遇

获悉泰坦尼克号遇难时的诗行

一

出于人类的虚荣，
和设计者的傲慢，
她静静地俯卧，大海上清清冷冷。

二

船舱的钢铁成了
火怪发狂的燃料，
寒冷的海水环绕，节奏明快的情歌。

三

光亮的镜面为了
显示她豪华壮丽，
海虫爬伏着：丑陋冷漠、黏糊糊的。

四

欢乐时刻的宝石，
陶醉感官的心灵，
已光泽尽失，价值全无、模糊蒙溟。

五

月光惨淡鱼儿近，
凝视着镀金的轮，
纳闷：这华丽的东西在海底干什么？

六

在设计这个怪兽
披荆斩棘的时候，
那搅动并催发一切无所不在的意志，

七

为她准备了一个
阴险伴侣：巨大的
浮冰，在一个遥远而毫不相关的时刻。

八

时髦的轮船渐长，
体积光彩和色泽；
在阴暗寂静的远方，浮冰也在增长，

九

她们看起来异己：
人类眼睛看不见
她们在以后的历史彼此内在的联系，

十

她们各自行使
于不同的区域，
在八月的此时此刻注定相遇的迹。

十一

直至年轮的旋匠
大呼一声：现在！
她们均听见；高潮莅临，姊妹相撞。

西萨克斯高原

1896年

西萨克斯有些高原，似一个仁慈之手的设置，
为了在上面思索、做梦、身殒；关键的时刻，
例如，在盎本向东观望、在维尔斯朝西凝视，
我似乎置身我出生前，我似乎已经怛化归天。

在低地，我没有同志，甚至没有持久的友朋——
她心地善良却长期受苦，接受了他无能为力：
在低地他们犹豫怀疑；没有人与我想到一起，
而思想的锁链不在其邻里是苍天的地方发声。

在城市，我被古怪的幽灵以侦探的方式追踪——
在我童年少年时期与我相处颇欢之人的影子：
它们在不同地方骚扰我，它们对我恶语詈词——
男人恶毒刻薄地冷嘲，女人辛辣尖酸地热讽。

在低地，我似乎对自己也虚伪，本我不能保，
现在则不同；我看见他东张西望，完全不懂
什么样的粗俗会使他成为这样的一个继承者，
他的确与他自己在某些方面相同，我的蝶蛹。

我不能走进广阔的平原；一个影子遮住月光，
除了我没人看见，它使他的心跳失去了节奏；
我不能走入高楼的城市，受到一些阴影阻挡，
除了我没人看见，站在我的视野里不渝恪守。

野哈姆谷底有一个鬼灵，黄昏时大声地叫嚷，
弗洛姆林谷有一个鬼灵，身着白衣朦朦胧胧，
火车上也有一个，每当我动身，它都在近旁，
我看见它窗户上的投影，说什么话我听不懂。

至于一位婉妙的女人，我只是她偶尔的所思，
我进入她的心中，可是另一个念想接踵而至；
而我对她真挚的情爱连她自己也不知丝毫；
时间可医疗心灵的温柔以及我如何把她放弃。

所以我喜欢盎本的高原，在维尔斯朝西极目，
或者在亲切的布尔巴娄，人们从来不会羁留，
或者在皮尔斯顿山峰，女人也不会与我漫步，
鬼灵也远离这些地方，只有我获得某些自由。

歌者已眠

阿尔格农·查尔斯·斯温伯恩

1837—1909

一

在不眠的大海上方精致的神龛，
不分上下不分昼夜在放哨站岗，
从沙滩至海角，从峭崖至海湾，
命运女神已颁布谕令，他应该
安枕至永远。

二

似乎那是一个红红的玫瑰花环，
落在了沾沾自喜的修女的衣冕，
犹如从太阳掉以轻心地滴落下，
灿烂瑰丽，优美的音乐来装点，
在鼎盛的时期，维多利亚治辖，
他的诗他的歌。

三

啊，那是一个夏日天色蒙蒙亮，

沿着一个街道梯田一样的铺石，
初升的太阳映照我专注的目光，
我闲庭信步，极其兴奋地阅读
新词语穿着古典衣装——

四

他早年充满了激情的诗词歌赋，
洒满温馨、泪水、叹息和笑声；
曲调新鲜悦耳，一位歌者唱咏，
绝非幼稚可笑，而是心知肚明
为什么这样唱咏。

五

我仍然能够听到那些铿锵轰鸣，
在你的诗歌，阵阵口舌的火焰
尽管已穿越，要经受新的考验！
它们像拍击海岸的海浪的飞沫；
你的力量却日益增添。

六

他的善歌的淑女，无愧这名誉：
古代的女诗人，她音韵的母亲，
属于能够感受旋律之美的人们；
她因爱而伤心，从爱琴海腾起，
跳进杂乱的世界所包围的深渊，
藏身于此，无人看见。

七

我们可以坚信，这里每个夜晚，
他的幽灵会下降至海水的边缘，
她的从深渊升腾，与他的会合，
孤独幽暗的光亮照在起伏水面，
他们飞越时，海员们惊叹不已，
尽管对他们不认识。

八

我们梦见他向她的幽灵叹息道：
啊导师！你焚毁的诗行在哪里？
圣洁的女诗人，你的歌在哪里？
你血红色的情诗的残篇在哪里？
她微笑着回答道：真诚的学生，
你的诗篇已足矣。

九

这里，正在觉醒的星座的下方，
这里，海浪回荡着持续的声响，
他们在地下的洞穴也随之震荡，
暴雨创造偏远的山脉时震撼他——
即席创作中为他们的同伴的他，
迅猛地劈裂其泡沫像疾风一样——
我离开他，落日的余晖照耀在
海角和峭崖。

1910 年

神的葬礼

一

我看见一队慢慢行进的行列——
深眼窝、老态龙钟，悬崖边——
一个接一个走过黄昏的平畴，
前面的抬着一个神秘的物件。

二

凭着思想富于感染性的跳动，
或者凭着我内心蛰伏的知识，
以及已经搅动了的我的见闻，
意识到与他们一样惏悷憯凄。

三

我模模糊糊的眼睛仔细端详，
所抬的物件，似乎人的模样，
不久变成了云，形状不确定，
偶尔还长了翅膀，壮丽辉煌。

四

而这种幻象一样的变化无常，

贯穿于队伍行进的整个过程:
然而无外乎，它全部的象征,
强烈的仁慈博爱无限的力量。

五

我甚至不由自主地弯腰躬身,
向着移动的行列，闭口无声;
行进的行列，在不断地增长,
冒出了能偷听见的混乱思想:

六

啊，天神！人类投射的形象,
您的丧钟敲响后，谁能活存?
我们在哪里受到引诱去造创
一个我们不能使之存活的神?

七

起初，我们造的他嫉妒凶残,
随着星转斗移我们给他正义,
给受诅咒者赋予恩惠的意志,
持久的受难以及多重的仁慈。

八

受到我们早年的梦幻的愚弄,
且需要安慰，我们自欺欺人,
很快我们把造物看作造物主,

我们的虚构我们却坚信为真。

九

直至在时间不停的偷偷摇摆，
决不妥协的现实之无情残酷
摧毁了我们自己创设的君主，
他战抖，倒下，已不再存在。

十

所以在我们的神话忘却之时，
我们黑暗中呆呆地摸索爬行，
比在巴比伦哭泣之人更悲凄，
他们的天国仍然是永久冀希。

十一

过去人们匆匆忙忙，以祈祷
开始每一天，那是多么美好！
黄昏时分君王一样躺下休息，
心中幸福地确信他就在那里。

十二

谁或者什么将填补他的位置？
流浪者把他的眼睛转向哪里，
寻找永恒的星辰激励他前进，
以完成他的事业的终极目的？

十三

我看见远处有些人，年轻人、
男人、漂亮女人，怀疑之人，
他们说道：那不过是稻草人，
冒牌的安魂曲！他与我们同在！

十四

我不能够赞成他们的信念：
许多我相识：我只能怜恤；
我没忘记，尽管哑口无言，
他们所哀悼的，我很珍惜。

十五

我觉得如何承受这个损失
是每一个圣灵持久的问题。
凝视中，苍白但实在的光
似乎在行列的最后面生起，

十六

关于这光，为了照亮夜晚，
有几个旁观的人这样说道：
你看见地平线上那道光闪，
渐渐变亮？哀悼者把头摇，

十七

构成送葬行列的这一群人，

一些是好人，甚至最好的人……
黑暗和光闪之间迷惑茫然，
机械地，我跟着众人向前。

1908—1910 年

悲伤的幽灵

不是死亡让我们不安，他们说，
悄无声息的地窖本身就是解脱，
生命是风中的花朵，无意识中
麻木并摧折，充其量也是旋踵。

说话者，已逝之人杂乱的幽灵，
像稀薄的磷火一样飘忽不定，
似乎从我的身旁的草皮闪现，
最苍白的亮光出自地下的苍穹。

令我吃惊的是，尽管已经死亡，
像许多一样，它们却并不甘心，
作为鬼魂到处飘荡；我问它们：
放弃了生命，为什么如此惆怅？

我们是少数人，死了也没自由，
伤痛、诈称，每年的伊始出现，
向历史呼喊要给他们公平正义，
或从它们旁边走过，哑口无言。

我们失去了权利，羞耻未纠正，

我们的行为没有完全剖析展现，
我们的话语仅表达得滴滴点点，
纸页上文字写满，动机颇漫漶。

接着，这些打战的来客全跑进
黑暗中，留下我一人冥思苦想
那些可以证实它们所说的声名，
至东方的天空露出新年的曙光。

坟墓上的雨点

乌云在头上结集，
水汽迅速地凝聚，
无情夹带着鄙视——
她最近还曾颤抖，
因痛苦不堪忍受，
名声受到了玷污，
似乎如此的冷酷，
这些雨水的箭矢，
直射入她的躯体。

一个人意欲遮护
她那柔弱的头颅，
他是多么想加快
每个迟缓的脚步，
免得雨点击打她，
那场夏天的暴雨，
浑浊泥泞的小溪，
乌云和雷电交加，
小鸟闭住了嘴巴。

但愿我躺在那里，

而她是在这屋下，
或者最好在一起，
相拥相抱在那里，
不管它什么天气，
我们，我们两人，
白天的阳光明丽，
或是清爽的黄昏，
不管它冬夏秋春。

坟丘很快会长出
郁郁葱葱的绿草，
还有盛开的雏菊，
像星辰点缀绿茵，
她成为它们部分——
它们甜蜜的内心，
那是无限的柔情，
那是童年的欢欣，
伴着她一世一生。

1913 年 1 月 31 日

没有仪式

那是你的方式，亲爱的，
消失了，没有一句话语，
朋友和亲人，以及来客，
都已离去，我匆忙进入，
与你相伴，是我的意愿。

你有意靠自己创业谋生，
去遥远的某地，如县城，
你说走就走，很是意外，
我的心里没有丝毫准备，
没注意你的行李已不在。

现在你消失得无踪无影，
如此仓促且再见永不能，
你的心思，我心知肚明，
如过去常说的没有两歧：
说再见，那是毫无意义！

哀　歌

她会多么的欢喜，
今天的一场派对！
五彩缤纷的衣装，
丰盛的果品佳酿，
草坪上摆放座椅，
她的笑容会显示
真诚欢迎。可是，
她已闭眼已闭眼，
离开友谊的引力，
在她自己的房间，
那是阴暗的囚室。

她会欣然地安排
今晚的一次宴会，
释放率真的热情，
报以大方的笑容，
在她敞亮的餐厅，
她会慷慨地招待
她的客人，可是，
在草下她已闭眼，
那里无酒杯溢香，

也没有力量知悉
情况会是这个样。

而且她定会寻找，
儿童渴望的目光，
新年姗姗的步履
带来羞怯的雪飘，
白霜里偷偷张望，
圣烛日烁烁烛光
和番红花。倘若
她没有恍惚昏迷，
看见她爱的景象；
她是被魔力控掌，
无休无止的休憩！

我们在这里逗留，
面对枯燥的事物，
不关心愉悦高兴，
不喜欢宴请交友，
她所喜欢的事情，
她绝不会倒胃口，
如我们这样。可
她已闭眼已闭眼，
看不见这些欢乐，
享受不了这一切，
在她榆木的房间。

彼尼崖

1870年3月至1913年3月

一

西方漫游的大海乳白和天蓝的色泽，
啊金色的长发飘动的女郎乘风破浪——
那女郎我爱得深，她亦爱我真且长。

二

白色的海鸥在水面上悲鸣，那海浪，
在远处连着天际，全神贯注地倾诉，
这三月里晴朗的日子我们喜跃抃舞。

三

一朵云飞到我们上空，雨伴着彩虹，
大西洋的表面染上五色拾光的斑斓，
太阳又露出笑脸，紫色覆盖着海面。

四

永远在壮丽的峡谷彼尼崖直冲云端，

三月里她和我是否将再次登上峭崖？
三月里甜蜜的话语是否会再次畅谈？

五

壮丽的峡谷永远映照着苍凉的西岸，
女郎现在已离去，骑着信步的小马，
不再关心彼尼崖，看不见她的笑脸。

黎明时分的交谈

他躺在床上，心中怆恍，
而她，蓬松的头发凌乱，
　　似乎彻夜未眠，
脸上映照着黎明的曙光。

房间俯瞰着磷光的大海，
坐落在白色石头的海岸，
　　向前迈了一步，
他拉开了窗户的布幔。

阳光洒落在地平线上，
从头到脚他们被点燃，
　　令人郁闷的床，
红彤彤枕头也被尽染。

亲，这一夜你多么不安，
漫长的夜，惊恐的悸动
　　伴着我，似乎
邪恶的东西在附近盘旋。

夫君，难道能对你惧恐？

我能对一个人恐惧什么？
　　他没人比得了，
使我免受不快的事骚扰！

他注视着她阳光中的眼：
是什么使得，寡言之人，
　　那眼睛合不拢？
有什么诺言我没有兑现？

啊，不是因为你的食言，
（因为你双唇的轻轻许诺，
　　时间总会兑现）
让我不眠，它无医可疗……

我已立下遗嘱，他说道，
今天就签署，没有贫困
　　威胁你的生存，
即使我离开你意外发生。

这样的恩惠我欣然接受，
我的夫君把它签字封存，
　　我丝毫不怀疑，
像光耀的太阳东方升起。

可是你把我的手臂挪离，
面朝着墙壁。蜜月夫妻，
　　旅行尚未结束，
这样的态度怎么能解释？

你是否有一个相爱男友，
灾难降临，他求婚不成，
　　忧闷积郁心头？
尽管你诚实，不愿吐口。

她躺在那里，沉默无语，
没有什么打破这阵沉寂，
　　除了慵懒海水
拍击；她终于开口咕嚅：

我曾有个朋友，或情人，
他的妻把他抛弃，沉沦，
　　直至她犯了事，
成为监狱的囚室的奴隶……

他守独身，至我们相遇、
相爱，可是，一堵墙壁
　　挡住合法欢愉，
尽管我们如此珍视彼此。

这就是为什么我一次次
谢绝求婚，尽管绰态柔情——
　　你以及其他人——
直至朋友们说它是罪行。

当我的心底忧虑重重，
趁着情人外出我急匆匆，
　　而且伤心忧悒，

我嫁给你。情况竟是如此……

昨天亭午你是不是看见
一个包裹周围白色花圈，
　　那是尸体装椁，
当时正从那边海岸走过？

你当时站立在远处一边，
闲人在交谈，我禁不住
　　借耳静聆属垣
他们言及死者：他的妻。

他在场，但并没注意我，
围着纱巾，我看见欢喜
　　浸润他的目光；
希望已破灭他哪里知悉！

他们带她回家，出生地，
而他也要回到他的住处，
　　独自打发日子，
与他以前的梦想很悬殊。

你失去了比我帅的夫君——
她保持沉默，似乎宁愿
　　为了他的开心
而否定，但不能说谎言。

更随便平易、性情缓慢。

她脱口说出简练的词语，
　　似乎出于谨需；
她心中保持着这个信念。

他总是把我当作他的亲，
他发誓一定要与我合卺，
　　在壮年或老年，
如果可能，他言而有信；

这个愿望，是他的目标，
有一封信，用我的昵称，
　　藏在我的身边，
让我想起他的海誓山盟；

像闪电一样它燃起希望，
我要去找他，寥寥几天，
　　请求你的准许，
让我离去，收回你的誓言。

如你所说的，模糊的目的，
婚姻本就是黑白之结缡，
　　平易的事一件，
没有任何情感因素可言，

我内心里胆怯。不认为
你会永远把这把锁锁住。
　　没有谁会用意
把他所创造的渴望扰阻。

丈夫哼了一声，温和地
在透过乌云的光中躬身。
　　我的浪漫结束，
他说道，一场戏剧启幕；

他表情凝重。你说得对，
我永远不会打开这把锁，
　　为了浇灭激情
从而点燃你的春心欲火！

她说：很遗憾你这么想；
我原以为你会让我离开，
　　这样就会避免
知道更多所带来的伤害。

更多？那是什么？上帝！
你说的够多了让我瞠目！
　　竟然还有更多！
那就倒出来。我受得住！

是这样的。合法的婚姻，
既然我们看不到，为了
　　了结我们的惊惏，
我们非法地结合在一起；

并在附近的圣坛前起誓，
圣经和戒指，不离不弃。

　　一个契约，
世人无见证，唯他知悉。

你成了他的妻？是这样。
他站在那里，呆若石像，
　　说道：的确是！
没关系，你现在是我妻！

这怎么行！我伸出了手，
在紧张的时候，为的是
　　挽回我的颜面，
尽管无奈；我并不勇敢。

挽回你的颜面！那目的
很阴暗。圣坛的事无人知？
　　我是说，我担心
我与他的结合会有后果；

用结婚掩盖我不是第一个，
尽管道德上的确很阴暗，
　　利用你坦诚的、
严肃的秉性。这是最恶。

昨天他憔悴羸弱的身形，
因为相信，他的爱坚真，
　　我与他的婚誓
亦诚，与你的却是挂名。

夫人，你渐渐撩开面纱……
最后这一句已足以冰冻
　　最热烈的火焰！
如果你愿意，请听我言。

我的确说过，尽管随意，
婚姻只是平易的事一件，
　　如黑白之结合，
无论他们的情感是什么：

我将这样做，可是你呢，
紧张的时候玷污了婚约；
　　那神圣的誓言，
因你的放荡而成为空谈。

可事情已过去，无人知，
说什么，对未来无关系。
　　因这样的插曲，
我不认为，你不会松手。

不！我决不会给你自由。
倘若你的担心结果成真，
　　因为你的荒淫，
上帝！我将是孩子父亲。

即使你逃走入他的怀抱，
我也要把你抓回，权当
　　你叛逆的无聊，

抽着你回家。这就是我!

她脸色刷白。你不同意,
我只好默默屈从,不会
　　迈出家门一步,
直至我脉搏的跳动结束。

起誓,他说,你的君王
被罢黜。他把她拉下床,
　　她跪下并发誓。
好,可以继续躺你的去。

你这么装扮且不留痕迹,
将对他暮想朝思,并且
　　你将憔悴叹息,
直至对他心死;困住你!

我很实际,且不会怜悯,
你把我当傻瓜,耍我玩;
　　你再也不敢,
正是以后我给你的教训。

她躺在床上,默默无言,
干枯的眼睛盯着天花板,
　　聆听着海水
百无聊赖地拍击着海岸。

1910年

国王的独白

于他的葬礼之夜

从缓慢的行军和沉闷的鼓声，
悲伤的士兵，
至功课和钟声，终于我进入
永久的睡梦。

煌煌的太阳下面十年的统治，
结束在这里，
我所做的一切及未做的一切，
全部要清理。

然而，在对这样事情的清算，
让我更心酸，
是我所受到的一些人的爱戴
我难以忍耐，

而在其他人，对于它的评判
超过了希望，
原因是源自对于皇室的权限

仅从理论上看。

针对国王的机会，很多的人
叹息并怜悯；
怎么才能忍受魔鬼般的暴行？
试过才看清。

我吃过肥肉，我也喝过美酒，
奢侈的生活
始于第一次鼓声热烈的问候，
至最后的呼叫。

大地赋予国王的一切快乐
我享受了，
通过它长久的活跃的博动，
直至魇饱。

什么样的苦劳和不宁夜晚
对王座烦扰，
便是在国泰民安的时代，
我同样知晓。

所以我想，倘若我能再次
回到生命里，
我宁愿选择普通人的生活，
走普通的路，

因为在他们，国王所能做的，

他们未必能，
但是首先出现在脑海的好事
未必是现实。

无形的力量束缚着国王的手，
这就是事实，
是老天的安排、老天的设计，
我以及享受。

1910年5月

加冕典礼

在威斯敏斯特不见阳光的地方，
静静躺着许多曾大放异彩的君王。

爱德华一世以及另外爱德华两位，
理查二世以及名叫亨利的三四位；

这就是说，那些称为三世、五世，
以及（自动成为鳏夫）七世和八世；

苏格兰人詹姆斯和临近的王查理，
而且，乔治二世同样可以算进去。

至于女性，有玛丽和伊丽莎白王，
还有安妮，她们都在死亡中冥想；

还有威廉的玛丽和苏格兰的玛丽，
以及国王的配偶，名字多被忘记；

还有其他的几位，他们的编年史，
把英国古老的皇室的家谱来装饰。

他们昏昏沉沉，不再受生命奴役，
而且，除了例外之事，漠不在意，

一人道：这砰砰的响声什么意思？
竟然从地面上空传到了我们这里；

是凿的声音？还是锯或钻的响声？
这声响违反了教会的法律和规定。

难道这些是压在我们身上的木料？
由于我们埋葬在这里而感觉不到。

的确，至少我们也是皇家的尸体，
适宜的休息应该是我们皇室权利。

是个断头台，斯图亚特的玛丽道，
这东西还存在，就是它让我薨世。

不对！那位娶了许多王后的说道，
这声音更像是婚礼上鸣响的礼炮。

哈哈！我绝不会向平民百姓低头，
但是，我有六个女人是难得消受。

不是同时拥有！忏悔者国王插言。
是的！哈尔言道，那是违法乱纪。

这里他们建了个灵台，又黑又高，

理查闷闷地说，或许是为了葬礼？

安妮插话说：是的，可能是这样。
不！伊丽莎白忙道，你们不知悉——

显然是国家正在举行的加冕典礼，
像往日他们给我们加冕一般无异；

尽管我们那时没有这样的木结构，
可是，那古代的建筑也是了不起；

如果我在上面与牧师们坐在一起，
身穿黄金的长衣，那将是何景象！

可你没有，查理取笑说，你在这里，
亲爱的，你永远也不会看见太阳！

是的，一直沉默的那些人窃窃私语；
随着悲伤的人群行进得沉闷缓慢，
我们被带到这里，在土坑里休息。

而且在这里，哀哉，下面漆黑一片，
我们等待我们聆听，我们百般忍受……
喧嚣困扰着王国；希望以后不再有！

1911 年

如果你哭泣

如果你哭泣；如果你靠近我一道模糊的光线，
像黎明的面容一样水灵灵，你的明亮的眼睛，
那么，那天的消息所冲去的欢乐一定会回返，
一个新的开始、新的天空会清除不快的事情。
可是你不是那么懦弱，没有需要依靠的激情
掌握你的魂灵，故而我走近时克服你的矜持；
唉，尽管你与我一样经受了暴风骤雨的打击，
岁月给心灵的承受，而我从未见过你的眼泪。

内心坚强的女人最弱，柔弱的女人却最贞确；
一切武器中最易获胜的武器，你却从不使用；
难道你不能，或者不愿，穿越这罪恶的岁月？
难道你没有获取这种才能，还是你刻意拒绝？
在那天晚上或者早上我下令不对你赦免之时，
你为什么不与其他人一起向我开战泪流如雨？
你忍受的太多，你的伤痛得不到一丝丝慰藉，
因此，我们内心里的离分，我们的痛苦不绝。

大教堂的工匠

哥特式建筑垂直风格的发明者

纪念建筑师约翰·希克斯

新式的大教堂迅速建起，
在崇尚典雅的十四世纪；

那教堂在今后的日子里，
被称为建筑之辉煌壮丽。

彩绘玻璃窗和环绕的墙，
崭新的式样，巍然修长，

围绕着诺曼式中心矗立，
高傲的姿态远胜过往昔，

古老的风格神奇地显露，
穿墙的石料，横七八竖。

镘刀的痕迹，兀凸醒目，
昔日的空白，窗格填补。

人们劳作完全为了欢乐，
报酬置一边，一切顺利，

直至建筑过程中的耳室
占据了大工匠主要精力。

夜晚回到家他床上翻转，
一直到翌日太阳升冉冉。

妻子问：那是什么景象
引起了这样的忧虑不安？

似乎你的手中握着工具，
不停地安装还不断絮絮；

你使劲地敲、连续地击，
我觉得身上一块块青紫。

是什么事，是什么忧虑
整夜折腾你，我不清楚。

他没有回答，去了教堂，
审视着草图，心中惆怅；

一个整天，他无心干活，
直至他离去，深深眼窝。

听说，大工匠身体欠安。

整个教堂的工程全搁浅。

为什么，教堂的主教问，
你这样沮丧？你会成仁！

大工匠回答，萎靡不振：
曾经流行的风格不时新。

上方的拱形垛与窗花格
下面的曲线很是不谐合：

四心桃尖拱，向外夸张，
造成了弯曲，相互影响。

这是我郁闷的真实由缘……
这种情况，超乎我料断，

如果没办法，我们需要
设计新的式样取代圆圈。

为了完成它我绞尽脑汁，
可是我仍然是无计可施！

嘲笑之人会说：快看呀，
就是这个人，虎头蛇尾。

一天接一天就这么度过；
主教看了看，急如星火；

市民们个个都广益集思，
搜肠刮肚试图找出措施，

可是任何设计全都无益，
一置于实践便一败涂地……

这一夜他又通宵未合眼，
很早就离开了终生侣伴。

地板上散落着东西杂乱，
他信步走出了卧室门槛，

寻找着杂物品那边堆放，
黎明的微白，朦朦胧胧；

冷雨淋湿了一块木板，
上面是他设计的图和线——

粉笔的幽灵没有能产生
解开建筑上结点的刀锋——

在杂物之前他呆呆站立，
看着它们但是目光凝滞。

他靠近观看并再次观看：
淋雨的画着图样的一面，

结冰的雨点弄乱了线条，
那是他煞费苦心的图表，

它们弯弯曲曲溪流一样，
从上方的截面向下流淌，

一直与下方的弧形接壤，
彼此相连钟乳石的形状。

突然，他的两眼闪亮光，
他附加了叶形尖顶饰样，

接着，开怀大笑。问题
解决了，一直折磨自己……

他转过身去，欣喜若狂，
发现有一个人站立身旁，

那是主教大人来自教堂，
他也在观望天气的无常。

随后，主教去主持晨祷，
对这个以外保持着沉默。

人们发现随着星转斗移
已经解决了穹顶的难题；

切割了模板，画了新线，

原来的线条已模糊不辨，

工程在进展，越来越高，
效果远比期待的更好；

窗户框之间装上了横梁，
这是人们以前从未看见——

小小直棂锯得光滑细腻，
原来分散的圆连在一起。

人们说道：我们都知道，
他灵机一动，情况就好；

他的设计一旦完成，我们
定会奖赏他，他的心灵。

当事情就这样慢慢进展，
周围的人们露出了笑脸，

大工匠回了家一天晚上，
他的妻子见他一脸沮丧……

今天，主教大人跟我讲，
他要把工程进一步考量。

他跟我一样了解新式样，
尽管人们对它大加赞扬。

他说：你太自高自大了，
你的创新，是不是这样？

那是上帝之手发挥影响，
是他的设计，惟有他的！——

由于霜和雨才得以揭示，
你的创新本是徒劳之举；

故而如此了不起的样式，
是你的模仿，不是创新。

我觉得主教的话是对的，
应该说一切都不是我的。

一个人不能因孵化技艺
孵化了自身而双收名利！

所以我要把明智的设计
归功于上天，不是自己。

错！她说道，彻底放弃
对你的赞扬，完全遮蔽

你仁爱的星辰闪烁的光？
最好放手让它杂乱无章！

想一想，是否你的热情
于你的技艺曾让你不眠？

你是否曾经走出了屋门，
太阳已经把一切全消融？

尽管善良的妻子这样讲，
大工匠仍然让人们知情，

并非出自他自己的心灵，
那壮丽的神庙这样建成，

凭借黎明时分的霜和雨，
这样的风格受到了启迪。

可是，镇子的人们说道，
尽管如此，也是你建造。

而他像小孩子一样紧张——
这是有梦想之人的操尚——

内心多多不安，他承认，
他所做的只不过是借用，

且毫无自信地做出恳请，
这一切都归于主教大人。

没有人会怀疑主教的话，

也不会质疑教会的断定，

最终人们对工匠的信任，
止于他自己做出的承认，

而且很快就失去了名声，
他近来为他的名字所赢……

时光荏苒，像活的动物，
那一堆杂物继续着嬗变，

工匠们去世，年轻的长成，
年迈的大工匠不再受关注，

而主教大人也与世长辞，
新主教欣赏着教堂装饰。

可过去了很长一段时间，
有一天他站在走廊之间，

被廊柱的典雅深深感启，
他问及谁首先做的设计；

一个年迈的教士细讲述，
当时工匠如何走投无路，

一夜间变化无常的冷雨，
赋予了大工匠一些启示，

他设计了弧、制作模具；
但主教却否认他的功绩。

说他不是唯一的一个人
把上帝的设计赋予应用；

因此大工匠失去了声名，
临死没戴上艺术家冠冕。

新主教内心的感受力量，
远远超过了他所言所讲，

他说道：艺术只能变形，
创造也并非是理所应当；

事物从来不会随叫随到。
艺术重要的是发现创造。

他做的是艺术家的本分，
等待着大自然把他唤醒。

倘若你六十年前在这里，
大人，对他们做如是说，

现在葬身地下的大工匠，
无疑命运会完全不一样。

他彻底被人们置于脑后，
没有人知道他如何过活。

他叫什么？名字很普通，
现在已经完全记得不清。

主教道：他不会被埋没，
我要找出。他只说不做。

天长日久，阴湿的死亡
噬咬了萌生风格的心灵，

而这风格却飞向了远方——
这风格以垂直式名声扬。

从温顿到威斯敏斯特，
而且它发展得更加辉煌：

英格兰的西海岸到多佛，
它的魅力遍及了各角落，

不仅显现在教堂的壁墙，
还在宫廷和城堡的庭堂，

直至英伦的每一座建筑
全部是以这种风格立矗；

直至作用发挥到其极致，

大幕降落在哥特式艺术。

如果你在西萨克斯旅行，
可以走出一步看个究竟，

走进格洛斯特：瞧一瞧
高坛与耳堂接壤的墙角，

并凝视高耸入云的形式，
那是未受传颂之人创造——

过梁装顶的圆心桃心拱，
窗花格茎梗饰拱肩托起，

静态的花边轻巧的线条，
背景是古代的凝重牢靠，

沉思着如此谦虚的心灵
放弃报酬最昂贵的声名，

（就像他在这一场所结晶
他的灵感，却默默无闻，

以及许多中世纪的人们，
他们的匀称向太阳致敬）

而其他的人却享受虚名，
把声望建立在捉风捕影。

一位诗人

关注的眼神，奇妙的眼力，
评判的大脑，他并不需要，
也无须急切的写作挣饭吃，
更不要玫瑰的酒许诺发誓。

大声的欢呼，他并不在意，
无论来自威严富有或美丽，
也不为了远方潇洒的游人，
对他的行踪经历分外好奇。

可是或早或晚，当你听见
他已经摆脱了生锈的部件，
某个向晚凭着金星的闪烁，
来到他的坟前，稍作停留：

他的话语，无论悲伤欢乐，
两位聪慧的女人对他依恋；
站在那里说，一直到暝色；
这一句话足以表示了称赞。

1914年7月

市井漫画

市井画十五则

首先发表于1911年

一

茶　室

茶壶在得意地嗡嗡咏唱，
丈夫的脸庞年轻妻子望，
然后她的顾客，暗示出
她觉得自己被人们嫉妒；
满面春风是莅临的夫人，
说任何地方没这么惬心。

而幸福的妻子却不清楚，
身旁的女士是他的首选，
只是命运安排未如他愿，
眼神和话音均没有显露，
顾客喝着茶，一脸微笑，
他渴望的秋波向她送抛。

二
教堂里

现在向圣父祈祷，他说道，
他声音尖锐，传到了屋顶：
信徒皆哽咽，随着他弯腰，
那情绪弥漫于拥挤的廊道。
布道者走向圣物储藏房间，
关闭了门，认为没人能见。

房门轻轻地打开了个缝隙，
他的圣经课上有一个学生，
崇拜他磊落光明表里如一，
看到了她的偶像堆笑满脸，
面对一扇镜子再一次表演
讲坛上的姿态如是在哑剧，
曾经深深打动聚众的情绪。

三
姑妈的墓地

姑娘对情人说：一周六便士，
姑妈常常给我，因为她仅仅
信任我，她这么做，为的是
她去世后有人给她清扫墓碑。
那是在一年前六月的一天；
我尚未决定，可不能再拖延。

可是，钱在哪里呀，亲爱的？

我的钱袋里。姑妈慢吞吞的，
她要积攒。八十周或者将近。
我们花了它吧，她不会知晓，
今晚有一场舞会，甘草仓房。
她默默点头，走向那个方向。

四
待嫁新娘的闺房里

但愿是我们所希望的男人！
她母亲叹息。她身穿婚装，
情绪激动，那待嫁的新娘，
那么，你为什么这么软弱，
坚持不让我与他合卺拜堂！
母亲很惊讶：哟，亲爱的，
因为你乞求，否则不出阁。

可是，你和父亲应该坚决！
如果不是这样，我会觉得
你们是正确的而我却错了；
这个人是个傻瓜被人拒绝，
啊！他来了，带着玫瑰花，
天哪！我想我应该嫁给他！

五
海滨胜地

他们坐在海滨广场抽着烟，
那个人及朋友，望着海湾，

左边远处，白崖叠叠层层，
落日的余晖里土色的笑容。
闲荡之人说笑着来来去去，
其中一对漂亮的年轻男女。

那人说：那两个人真体面，
下周要结婚。他哪里知晓，
连续几十个白天以及夜晚，
我解开袖扣，抚摸她的脖，
我的手把她的腋窝抚摸……
幸福在于无知，没有伤感！

六
在墓地

你看见女人们在那里争吵？
这块墓地的看守这样说道。
一位流泪道：是我躺这里！
另一位：我！你这个骗子！
另一位：你敢拿走我的花，
还把你的放在我们的坟上！
可她们的孩子都躺在那里，
时间不同，罐头鲱鱼一样。

不久排水主干道经过这里，
几夜之前我们全部都挪移，
把她们打包埋在一个沟渠，
多了几千具。她们的亲人

并不知，仍然在那里哭泣，
往常一样安慰你们的凄迷。

七
窗　外

我的手杖！他说完转过身，
他刚离开的房屋突然传出
悍妇嗓音，窗户透出光亮，
他看见里面他选择的姑娘
呵斥她的母亲，两眼冒火，
因为他在的时候说了什么。

我终于看清她赤裸的内心！
那爱她胜过自己的人思忖；
我的天！我真是死里逃生。
我珍贵的陶瓷证明很坚硬。
他的脸红彤彤，好像羞涩，
偷偷溜走，手杖也不要了。

八
书房里

他进来，椅子上坐着女人，
清瘦、无言，一个陌生人，
败落的上层社会的典型；
凭着微小的迹象他猜断，
她来找他，尚未用早餐。

我曾经拜访，希望没弄错，
我在寻找一位书籍购买者，
我那里书籍，大概几十卷，
是著名的神学家撰著立言，
我父亲留下，它们处理掉，
让我很不安，她微微一笑，
似乎这样做是未知的必要；
可是，真实的情况是这样：
由于喜爱艺术，故而希望
我的那些房间加一点雅致，
而那些古旧书籍有些碍事。
仍然温和地她朝着他微笑，
似乎她卖掉它们只是玩闹，
坦诚地讲，对于她，生活
并不是酸的醋和苦的胆汁，
而是新鲜的春风甜如蜜；
绝不要任何家庭的秘密。

九
圣坛围栏旁

我的新娘没有来，新郎道，
哆哆嗦嗦他手里拿着电报。
可能是太急了。是在舞厅
我们相遇，我独自去牛市，
翌日夜晚，那里清泉喷涌，
圆形广场的街道分外幽清。

她赢得我的心，向她求婚——

或许很愚蠢！放弃了城镇
万种缤纷，去生活在农村——
她同意了，我们定下日子。
她说：你真好，给我个窝，
简短快活的生活很适应我。
我是什么人，你从未看到，
你被抛弃之前我尝了禁果。

十
洞房里

啊，那震撼的曲调！新娘
床上跳，系线的幽灵一样；
为啥？她所嫁的男人问道，
颇为吃惊，外面乐曲飘荡。
那是问候祝福，来自乡邻，
因我们结婚，我的小天真。

你哪里知道！激荡的乐曲
是旧情人与我跳的华尔兹，
我们翩翩起舞时我曾发誓，
没人会共享我的亲吻房屋，
除了他！他让我销魂狂喜，
我拥抱着他尽管你在怀里。

十一
饭馆里

可是听我说。如果你不走，

孩子生下来就是你丈夫的，
如果我们逃走，秽言恶诟
会从四面八方向我们飞去；
而孩子也会一生遭人诅咒；
所以，私奔并非明智之举。

可是你并不知晓，我的亲，
对于一个女人，昼夜惶遽，
除非讲出实情，怎么能留，
每天夜里把他在怀里抱搂！
且不说孩子会有什么名声，
让我们走，好歹我们经受。

十二
布店里

我在布店的后面，亲爱的，
　　只是你没有看见我。
他们给你选的布料打包时，
我什么也不知道，相信我！

他咳了又咳，她脸色苍白，
　说道：我没见你进来，
你为啥不说话？我没进去，
免得你看见，我旋即离开。

你在看漂亮的布料。很快
　需要一个寡妇，最时髦。

我知道遇见一个人很糟糕，
他不得不冷漠并且灰溜溜，

并在他们给你试衣前溜走，
　给你穿上最新的丧服，
他们这样表述。为了你满足，
我留下你自己尽情享受。

十三
弥留之际

我要说，过去我一直祈祷，
然后去见阎王。他在参战，
一些暧昧的消息传到耳边，
是一些关于她和我的流言；
他偷偷回家，像幽灵一样，
一天夜晚，就在同一时刻，
我走近她的房，把他打死，
并悄悄埋葬。什么也没讲。

翌日一场战斗的消息传来；
他列入失踪。我急忙离开，
赶到了那里，看了看战场，
并散布消息：搜索的结果，
他战死沙场；他孑然一身，
身无分文，躯体无人悉谂。

她产生了怀疑。不再爱我，

我失去了一切，陷入绝望；
我已时日不多，必须算账，
尽管我会永远炙烤着烈火。

十四
棺材旁

他们站着，面对中间的棺椁，
他旧时的妻子和最近的妻子，
死去之人，她们曾是他的人，
似乎在默默地听，往事如云：
一个说：我曾拜访，你是否惊讶？
另一个道：说实话，我有些骇诧。

我有些话，不能再憋在心里。
我与那人离婚，全是因为你，
我不得不这样做，责任使然；
现在我珠老花黄，实情相告，
因为生命短暂，他也奔西天；
但愿你们两人我均不曾打扰！
而我们俩不愿被狭隘所拘禁，
是生活在元祖时代一样的人。

十五
月光下

啊，孤独的人，呆呆地站立，
像在梦里，你为什么在凝睇
她的坟茔，似乎没有其他的？

如果你憔悴的大眼睛死缠住
她的魂灵，凭着冷月的光束，
或许你很快会召回她的幽魂！

傻瓜，那正是我的所思所想，
超过了世界上任何活着的人；
可是，我不会有这样的福分！

啊！她是你所爱的人，无疑，
经过了富裕贫苦和风风雨雨，
她撒手人寰，你的太阳沉落？

不，她并不是我所爱的女人，
尽管大家都认为她倾城倾国，
她在世的时候，并未入我心。

仲夏的黄昏

我随意地掐了个茎杆，
向着苍穹的清月吹奏，
没有想到鬼魂会抖颤，
跟着我的曲调迈步走。

我屈膝并捧起了双手，
似乎要在小溪捧水喝，
朦胧的影子站立身后，
露出一副往日的面容。

我的歌是命运而非选择，
未思考它的意义是什么；
一个声音传进我的耳朵，
把我引向更温柔的诗歌。

风之语

疾风吹过了树林沿着天际，
　向我吹来这样的信息，
透过朦胧的黄昏：抬起头，
　看一看这棵苦难的树，
它不停的摇摆挥舞是诉怨，
　它是你肢体的一员。

是，周围躲风避雨的造物，
麻木的一切，野蛮或驯服，
是，营营众生，你的同族，
　或者言说同样的怨诉，
或迥然相异：黑的、矮的、
黄的，都是你的细胞组织。

我继续向前进，澎湃汹涌，
　任何语言都难以表述，
在它全部巨大的磨难困苦，
　我看到我自己的悲痛，
使得自残这一古老的律法
　成为断裂，镇压或杀戮。

芭　蕾

他们叠加一起，肉体窸窣一团，
不只是肉体，灵魂一团；接着，
他们分开，绕缠，
又叠加在一起，
像血红色的玫瑰粉红色的花瓣，
刚刚绽放被吓得合闭。

尽管他们华丽的装束无甚两歧，
而且一眼望去也很难做出分区，
他们搜集，或许，
像生命彼此无关；
她自己的世界是让别人在下面，
分离，像出鞘的宝剑。

女儿妻子情人；诚实或者伪善；
大小不同的心脏；奔放或拘谨，
心思五花八门，
朋友、对手、情人；
一条链子上的环，现一张笑脸，
被切断，几英里远。

风之预言

我漫游于贫瘠的农田，
鸥鸟闪闪，银色斑点，
云朵飘飘言说着碎片，
下面的腹地万分不安。
我说：我从爱人怀抱
离去；我爱恋的怀抱！
风儿升降中做出应答：
不！你是走向她怀抱。

远处阴郁土灰的边际
出现，块块泡沫飞腾，
与土灰的单色调分离，
远处一个光亮闪晶晶。
我叹息：我整天一直
看见她黑乌乌的鬈发。
像决堤的水风儿作答：
不！等着她卷起长发。

高耸的海岸帷幕落降，
海浪拍击如关门一样，
或者地板上锤子敲击，

随着浪潮乘风穿洞穴。
我说：尽管陆地宽广，
她的城市无处能比拟。
从苍凉的天空风儿答：
你说的是海边的城市。

气势磅礴的云吞噬了
一颗羞怯而短暂的星；
下面的浪潮是破坏者，
它们疯狂地欢呼作乐。
太阳提起浪花雾蒙蒙，
我喊道：星辰仍横空！
风儿从山峰上尖声说：
这里向西，它会沉落！

远处，陆岬兀鹫一般，
老妖魔似的鼾声雷动，
每一道沟壑以及深渊，
在烛台苏醒时变黑暗。
我漫游，一颗属于我，
我说，天知她属于我！
风儿窃笑，低声说道：
你的爱你根本不知晓。

乡村集市

在一个往日的乡村集市，
我见一个矮子领着巨人，
一根红色绳索像条围巾；
　　他比他强壮多少，
　　巨人似乎不知晓。

接着我发现巨人眼睛盲，
矮子虽小但眼睛晶晶亮；
巨人温和胆小从着绳索，
　　似乎自己不思考，
　　意志更是无从说。

无论矮子决定往哪里走，
他温顺地跟着他的脚走，
或许轻轻地责备我不知，
　　好像命运的决定，
　　无论他是否高兴，

不同的环境不同的视力
我见过，还会见得更多，
但那种视力我不会忘记，
　　它是最悲催的哑剧，
　　一次，就有一万次。

她的爱情鸟

当我仰望我的爱情鸟，
　那个周日的下午，
　在它微弱的曲调，
垂死的灵魂断断续续，
当我仰望我的爱情鸟，
　那个周日的下午。

当他睇视那只爱情鸟，
　那天他进来之时，
　似乎他无话可道，
于他长久的城市游历，
当他睇视那只爱情鸟，
　那天他进来之时。

鸣叫呀鸣叫那爱情鸟，
　似乎陷入了绝望，
　四周是寂静苍凉，
曾经是百鸟争鸣嗷嗷，
鸣叫呀鸣叫那爱情鸟，
　似乎陷入了绝望。

他的话震惊了爱情鸟，
  对我是严厉打击，
  当他的话语听到，
知道我的生命将完了，
他的话震惊了爱情鸟，
  对我是严厉打击！

旅　鸫

在茫茫的苍穹，
我飞翔呀飞翔，
我看见池水中
莹澄澄的天空，
一只快乐的鸟
是我，还是我！

朝着水池边缘，
我慢慢地降落，
我站立着观看，
弯身把水来喝，
沐浴我的翅膀，
打扮并且梳妆。

冬天的雪和霜，
地面坚硬如钢，
我寻找呀寻找，
但找不到食粮，
这时我会感觉
悲伤，真悲伤。

冬天持续之时，
雪霜铺天盖地，
而我开始觉得，
一点也不悲伤：
因为我已冻僵，
羽毛的球一个！

钢琴旁

一个女人在奏弹，
一个男人在旁观；
她的脸型和模样，
她的脖颈和金发，
两支燃烧的蜡烛，
光线照在她身上，
让他的思绪飘荡，
某个幻觉的地方，
没有痛苦的迹象。

一个蒙头的鬼灵，
来到他们的中间；
她的曲调在幽咽，
光线也变得暗淡，
魔咒封住了场景。
少女看不见邪恶，
男子看不见危险；
时间在一旁奸笑，
鬼灵在一边藏掩。

战争和动荡的岁月

某人说：宁愿我已结束了呼吸，
也不愿在这罪恶的舞台上阔步，
日复一日地演进然而毫无目的，
一场令人心酸、血洒遍地的戏。

倘若他的星火未传，而是灭熄
于我们今天这血腥粗暴的场景，
且从未有披上为他剪裁的泥衣，
他也不会知悉这些展现的事实；

生命依旧轮回。清晨会现黎明
于夜晚的枪炮肆虐翻上的根茎，
抚弄昨日亭午阳光给鲜花温馨；

尚武的棕色面容因垂死的悸动
已苍白，尽管他不在场；君王
不餍足的权利欲望，多少心伤。

1915 年

列国破碎的时刻

一

仅有一人踏着泥泞的路，
慢慢地默默地走步，
一匹老马趔趄着头点着，
半醒半睡向前走着。

二

没有火焰仅有纤纤烟雾，
从匍匐冰草堆冒出；
然而它将会同样地继续，
尽管王朝嬗变更替。

三

那边有一个姑娘和小伙，
悄悄地说着话走过；
战争编年史将沉入黑暗，
在他们的故事之前。

1915年

无家可归者的哀嚎

普鲁士侵略比利时之后

煽动制造废墟之人——
　无论你是谁，
　欧洲的主人，
设计了我们的灾难——
　且听痛苦的问候，
城市、海岸、草原，
　每一个受害者：
征服者，向你欢呼！

欢呼！我们很惧忧，
　创造者，源头，
　这些伤痕痛苦，
我们的时代被阅读。
　愿你的所爱枯萎、
抛弃！时代的记忆，
　受害者的书写：
你的子孙挨饿忍饥。

不！这完全是诬陷！

宁愿事情发生
于时间的奔腾，
你呼唤的那个夜晚；
同情浸湿了枕头，
把你全部感觉湿透，
因为受害者，
至死亡柩布把你缠。

1915年8月

匹夫之责

行动起来吧，只要手能举、
背能弯。不能再这样下去，
我们盲目生活，漫无目的，
放荡了我们的骄傲和冀希；

让田地荒废，杂草和沙土。
高呼：我来了！女人男人，
来自商铺厂房、宫廷农村；
无惧无畏，英国屹立如初。

但愿岁月会使我再次激动，
许多的黎明踏上前进征程，
迈开大步奔向事业的正义，

我要像那昨日的疾风呼啸
在松树林；服役绝不松弛，
朝四方呐喊，以激扬士气！

1917年3月

花园里的椅子

原来的绿色已经变蓝，
曾经坚固的腿变松动，
它将散架不知不觉中，
它将散架不知不觉中。

最红的花变黑在夜晚，
坐在上边的人回家转；
很多的人在那里休息，
很多的人在那里休息。

对于他们椅子并未散，
寒冬不冻大水也不淹，
他们轻盈如高层气息，
他们轻盈如高层气息！

走和留

一

枝叶上阳光点点斑斑，
小溪的水也潺潺闪闪，
粉红的脸五月的清月，
是我们希望长存长留；
　可是它们却要走。

二

白雪茫茫季节的荒凉，
萧条的世界默默悲伤，
受难的民众呻吟叹息，
啊我们希望高飞远走；
　可是它们却要留。

三

我们更近地观望时间，
看见鬼魂时针在旋转，
用辉煌清除悲伤痛苦，
高尚的和邪恶的事物，
　同样会烟消云散。

月下读信

我停下来读她的信函，
借着月亮清冷的光线，
看着书信充满了柔情，
把它高高举以便月光
照耀在书信的每一行。
我不知什么样的岁月
将流淌在她我的生命，
在阅读她另一封信前，
借着月亮清冷的光线。

我读到她最后一封信，
借着月亮清冷的光线；
那是留存的她的书信
薄薄的、睿智的一页，
她的亲笔签名在上面。
谁会预见这样的书信
字里行间充满了痛苦，
在阅读她最后的信前，
借着月亮清冷的光线。

汉普斯特德的房子

约翰·济慈曾居住在这里

啊，诗人，你在这里逗留，
无论大街小巷皆廓落清幽，
从来没有夜莺放开了歌喉
　　尽情地歌唱？

从你的昏睡中汲取的思想，
七座闻名的小山一如既往，
大放着异彩，像过去一样，
　　只因你居留？

当目睹了罗马发生的变化，
你的家乡的山坡变化更大，
在这些意想不到的惊讶，
　　你将做什么？

是不是你要把风信子唤醒：
把门吹开，咯吱吱弄出声？
显出自己像无踪影的魂灵
　　在你的古树旁？

在你眺望并更远地眺望时，
是不是你要变得温柔和颐，
明知一个迟钝之人不情愿
　　保护你的住处？

柱廊的台阶一步一步地倾斜，
向晚的时辰夕照不舍得离别，
在罗马我有一次站立着寻思：
　　他逝世在这里。

我走向一片盛开的紫罗兰，
那里矗立着一座锥形的塔，
它的棱角向上翘，它直言：
　　他在这里睡眠。

现在我们得知，正是这里
他放声歌唱，唤起的记忆
远胜于他冷冷地销声匿迹，
　　真令我们欣慰。

1920年7月

十一月的夜

我注意到气候的变化，
窗格的玻璃开始震动，
寒风骤起，萧萧飒飒，
那一夜晚我半睡半醒。

落叶吹进了我的房间，
并且落在了我的床榻，
一棵树向着黑暗声言，
树叶被风吹落的恻怛。

一个树叶触及我手臂，
我觉得是你在抚摸我，
你往常一样那儿兀立，
诉说的话语你我皆知。

约 1913 年

这里静悄悄

有感于停战协议的签订

1918年11月11日

一

苦难的岁月久长，凶悍、冷酷，
空前的绝望以及愤怒吁吁气喘，
忧虑白眼睨视，苦难悲伤难数，
年轻的、羸弱的和年老的人；
为什么？郁闷的怜悯语喃喃。

二

人类一直没有停止试图回答。
烦恼的敌人置身盲目的残暴，
攻破羸弱的民族，哲人的教化、
自私自利，闻所未闻的理念，
“下地狱去！”是爱心之呼唤。

三

家乡软弱的人们已习以为常，

掩体以及德国佬等战争字眼，
早晨时时听见，傍晚常阅览；
习惯于沉思中做白日梦的人，
习惯于睡眠中经历恶梦的人。

四

醒来时希望活着，于事无补，
阵亡的将士们遥望着天狼星；
当夜晚的宁静来临，他似乎
在检查羽翼的振动，好像是
一块石子沉闷地掉进了深井。

五

当大地所珍视的希望已死亡，
早晨“战争结束了！”在回响。
丧失了亲人的人缓慢地问道：
某日那些人是否会升入天堂，
实际上像我们所梦想的一样？

六

人们屏住了呼吸，抬头凝望，
朝着杨树站立并砍倒的方向，
一如四年来在死亡之舞一般，
在法兰西现在熟悉的平原上；
嘟囔道：奇怪！没有了炮响！

七

万籁俱寂。该响的炮声没响，
瞄准的敌人低声哼着歌走了。
一个士兵无端地开了一枪，
反讽的精灵假笑着道：什么？
糟蹋了暴怒和冤屈编织的猜想？

八

没有飞驰炮火点燃灰色的天，
没有手榴弹把枝叶晨露震颤，
也没有呻吟打扰栖枝的小鸟；
疲惫的马纳闷：今天没挨鞭；
也没有引擎弄脏月牙的尖角。

九

平静降临。仁慈从天堂流散；
大地有和平，天空一片寂然；
有的能，有的不能甩掉悲痛：
邪恶之精灵奸笑：必须这般！
为什么？怜悯之精灵语喃喃。

同一首歌

一只鸟唱着同一首歌，
曲调从没有出现错讹；
我们在这里听得很久，
　　很久很久。

令人感到奇妙的惊叹，
这样如醉如痴的旋律，
怎么能够持续至今天，
　　一直没变！

然而却不是同一只鸟。
不！他已经化为尘土……
还有那些人听他曲度，
　　与我一路。

小夜曲两首

一
圣诞夜

圣诞的夜深深，我独自一人，
一座房子外，街道的铺石上，
向她歌咏，一如我们一起唱，
在我觉着受约束以前的除夕——
她在我的身旁绿色的门上方，
她的闺房，我看得清清晰晰，
　　可她并不在意
　　以灵魂的全部
　　我咏唱的乐曲——
　　可她并不在意。

卡西俄珀亚悬挂在我的头顶，
听见我的话，是那北斗七星，
我望着她的闺房温柔地咏唱，
拨弄着琴弦在那里走动不停：
可是窗帘遮挡了她婷婷身影，
变化无常让她与我咫尺分离；
　　可她没有出现，

我的心憯凄凄，
我的歌也凝滞；
可她没有出现。

二

一年后

我拨弄着琴弦，我唱得幽咽；
我希望她不会出现也不知晓，
旁边的房屋现在被乐曲萦绕，
不是她，我的弹唱曾被忽略；
旁边的房屋，住着心动的人，
我的新爱，对我是情意绵绵，
不像旧爱，对我是冷漠轻慢，
她听到我的歌曲一点不在意：
我伤心地离开，
爱之阴森色彩，
我最后的爱不知；
我伤心地离开。

少女的承诺

歌

我并不希望赢得你的誓言，
早晚牵我的手做你的新娘，
领我离开这间囚禁的房间，
它阻碍着你来到我的身旁。
尽管居留在这翠绿的迷宫
我也幸福高兴：人从天愿；
倘若，不管发生了什么，
你对我的爱永远不止终！

我会等待你的彗星的出现，
时间不会消磨完我的耐心；
逐渐变黄的岁月不会改变
我对你的情爱、我的真心，
长期的分离我也不会抱怨，
尽管我会人老珠黄无娇颜，
倘若没有另一个在你我间，
你完全是我的，两心相悦。

美　人

请不要用恣肆的言辞
更多地赞美我的容貌，
说人人的目光向我抛；
因为那些话让我烦扰。

请永远温和地对我说：
从今天直至命赴黄泉，
无论贫富和世态炎凉，
做我的朋友矢志不变。

我讨厌镜子里的美貌，
我的容貌不是我自己：
我的穿戴：没人关切
穿戴之人的生与死！

啊，关心我的内在我，
我以及那个我的自己，
内在的我将永远是我，
尽管我容貌不再妙丽。

主人与枝叶

一

我们在发芽，主人，发芽，
　　我们，你最爱的树；
三月的干旱和四月的大水
　　让我们成长得欢愉，
我们的小枝嫩叶刚刚长出，
　　可是你并没有关注！

二

我们已经为夏天准备就绪，
　　到处是娇嫩和翠绿，
叽叽喳喳的和嗡嗡咿咿的，
　　在这里过夜无踪影，
像一个不知疲倦的吹鼓手，
　　欧夜鹰尖声叫不停。

三

我们在变黄，主人，变黄，
　　接着，我们会变红，
然后，我们会越来越迅速

追寻我们的根床，
一切都会在灾难找到归宿，
可是你并没有关注！

四

我已经注意到你们的行程，
你们很快成为尘土，
我已目睹你们夏日的娉婷，
与我青春少年一如；
可是为什么我假装没看见，
说出来也无法回挽！

镜子的哀歌

从镜子传来轻柔的话语，
窗帘听到了无奈的叹息：
我为什么还要再三照映
这些僵硬的面孔无笑容，
既然她，我曾如此高兴，
已不再在我的面前晃动！

我曾经映照飘浮的白云，
以及戚戚悒悒的青松
舞动的叶枝，当天空
回荡着仙乐神曲的时候；
可是他们进入我的面容，
我从未觉得骄傲喜冲冲。

我同样映照夜晚的幽灵，
它们偶尔从我身旁掠过，
我回应玫瑰，洁白殷红——
最可爱的事物我所目睹——
可是现在我从没有触目
任何花朵像她一样姱容。

颜　色

下面的诗行一部分是我的创作，一部分是一首西萨克斯民歌的回忆。

我给你带来什么？
是否玫瑰的洁白
　适合你的身材，
　　整天地穿戴？
白是结婚的颜色，
　　结婚的颜色，
白是结婚的颜色，
白色不太适合我。

我给你带来什么？
是否玫瑰的殷红
　适合你的身材，
　　整天地穿戴？
红是士兵的颜色，
　　士兵的颜色，
红是士兵的颜色，
红色不太适合我。

我给你带来什么?
是否天空的碧蓝
适合你的身材,
整天地穿戴?
蓝是水手的颜色,
水手的颜色,
蓝是水手的颜色,
蓝色不太适合我。

我给你带来什么?
是否青松的翠绿
适合你的身材,
整天地穿戴?
绿是五月的颜色,
五月的颜色,
绿是五月的颜色,
绿色不太适合我。

我给你带来什么?
是否缁衣的乌黑
适合你的身材,
整天地穿戴?
黑是哀悼的颜色,
哀悼的颜色,
黑是哀悼的颜色,
黑色恰恰适合我。

古人向古人的致辞

我们曾经载歌载舞的地方，
　　　　先生们，
地板已松动，到处蜘蛛网，
吱吱的响声，门上满是虫。
是的，过去比现在更轻松，
已听不到竖琴和小鼓响声，
　　　　先生们！

我们曾经荡桨泛舟的地方，
　　　　先生们，
少女握着舵柄，蒙着纱巾，
渴望的目光（老天爷知晓
她们的梦想，那时或曾经！）
在那我们被忘却的沙滩上，
　　　　先生们！

我们似乎已经失去了什么，
　　　　先生们，
我们的尊贵逐年变得稀薄，
暗示着我们很快会玩儿完，
我们再也不可能鹤立鸡群，
成为夜空中最灿烂的星辰，

先生们！

跳舞时波尔卡伴随着愿望，
先生们，
优雅的方舞，活泼的轮舞，
“罗杰爵士”，以及轻歌剧
“少女”（闻名的波西米亚姑娘）
和“特瓦图”是熟悉的舞曲，
先生们！

这个季节的色彩不太欢快，
先生们，
像艾蒂、穆迪的名字一样；
令人激动的浪漫已经不再；
也没有神灵握着创作羽笔，
如司各特、仲马、乔治桑，
先生们！

我们供奉着丁尼生的厅堂，
先生们，
房顶已坍塌，圣者的坐席
湿淋淋，爬虫的趾甲变僵，
蜘蛛成了这里唯一的居民；
甚至咏唱圣歌的她变灰尘，
先生们！

迎接太阳的我们灵魂昂扬，
先生们，
也疲惫颓唐。我们已老迈；

青年人奋勇；我们的颓败
让我们走近了冥王的疆场——
黄昏的阴影正在笼罩大地，
　　　　先生们！

尽管我们的结构正在衰退，
　　　　先生们，
其他一些历史名字亦如此，
他们曾举手投足轻快敏锐
如这些青年人，从未偏离
事业的理想，至最后一息，
　　　　先生们！

索福克勒斯以及苏格拉底，
　　　　先生们，
柏拉图，以及毕达哥拉斯，
希罗多德、荷马——是呀，
奥利金、奥古斯丁，克雷芒，
他们陨落的时候更加辉煌，
　　　　先生们！

饱满的额头、红润的嘴唇，
　　　　先生们，
许多等待着你的我们无缘；
许多留给你的值得你认知，
许多，许多我们并不熟悉：
别鲁莽：时且长：我去也，
　　　　先生们！

雪街乐声

外面的天气酷寒刺骨，
可是姑娘们满不在乎，
一个被竖琴声音触动，
另一个因小提琴欢欣，
那是我所喜欢的乐曲，
那时生活还比较轻松。

乐曲三拍的节奏响起，
萦绕覆盖白雪的街道，
然而轻快跳动的双脚，
穿越了大约一个世纪，
以及相互围绕的双臂，
随着两人彼此的拥抱，
在灰蒙蒙的墓碑下面，
年久的骨骼沉默无言。

羽毛似的雪花在飞舞，
舞动在竖琴的琴弦，
琴弦的悸动如哭如诉，
像餍足了爱情的事物，
每一次里拉阴郁声响，

随着盛大晚会的曲调，
衬托刚刚飞落的白雪，
在这雪花缤纷的子夜，
与目前的景象不协调，
暗示他们目睹的岁月，
度过在夜晚的狂欢，
在这些妙龄的少女
被剥夺曼妙身材以前。

啊，以往的旋转欢喜，
四分音符和八分音符，
在严酷的波拿巴时期，
同样地流行于跳舞，
美丽王后安托瓦内特，
也踮着脚尖翩翩起舞——
是的，那古老的乐曲，
时至今日仍然在延续！
而它们的声誉和流行，
这些雪地里演奏之人
怎么能做到了然于心，
为了铜钱而毫无激情！

最后一片叶子

树上的叶子叆叆，
亲爱的，我会回来，
当叶子全落。

夏天，她最是嫌恶，
她注视着八月的树，
叶子已变黄。

十月来临伴着罡风，
树叶要去迹象表明，
她抬头定睛。

她数着树上的叶子。
十一月仅剩了十片！
而且在落散。

当它们全都掉下来，
寒冬的季节本应该，
他我将看见！

那个月的第十五天，

她仰起头向树上看，
　　她仅数到三。

这一周的最后一天，
一阵风掠过她的脸，
　　落下最后一叶。

可是他并没有出现：
她失去希望的力量，
　　她病入膏肓……

一年以后他回来了，
一个有妻室的丈夫，
　　还有点发福，

微笑着她提醒了他：
那诺言是信口说来，
　　我彻底忘怀，

这是常事！是那棵树？
是它：老天呀，老天！
　　我毫无记念！

凋谢的玫瑰

看见了开放的玫瑰恨然，
散落它仍然拥有的花瓣
听见它说道：她在哪里，
过去常常来看着我沉思？

花匠说道她再也不会来，
因为她爱上了另一枝花，
除草人说道她对我厌倦，
因为我凋谢得这么突然。

因为一个心上人她不再来，
手里拿着水壶之人这样道；
耙草之人言道：她不再来
是因为女人本性上的轻佻。

拿着铁锹之人幽默的眼神，
说道：另一个地方挖了坑，
周围全是碑文且杂草丛生，
那里是一片沉寂冷冷清清。

她一定是在地下与你相遇，

倘若地下能找到一条小路，
尽管她貌若天仙肤如白玉，
是在那里我葬了她的躯体。

收获时节的晚宴

跳舞的是奈尔和其他姑娘,
苏格兰灰骑兵也来到谷仓:
他们被邀请到丰收的晚宴,
黄澄澄的玉米红色的束装。

奈尔和其他姑娘坐在一旁,
谷仓的角落长长的凳子上;
奈尔领唱着古时候的歌谣,
奈尔并非从歌本上学会唱。

唱的是奸诈的老爵士约翰,
他靠花言巧语赢得了姑娘,
还有鹦鹉及金闪闪的笼子;
其他的姑娘跟着她一起唱。

一位潇洒的骑兵跟她耳语:
亲,把那支歌曲再唱一遍!
漂亮的姑娘用悦耳的歌喉,
从来没有如此地鸣玉飞泉!

她再一次开口,一声叹息

从谷仓的门传至奈尔耳边，
是她的爱人在黑夜的声音，
一个月前他已经入土为安。

奈尔，难道你能唱那歌曲，
而我却是于这里躺在泥土，
歌唱古代不忠的一对情人，
你曾给我的誓言漠不关心！

难道你能与士兵一起跳舞，
舞曲结束他们大胆地亲吻，
你的细腰他们肆意地搂抱，
古老的婚誓他们全部忘掉！

她喊道：撕碎了，我的心！
从墙的外面传来一个声音，
召唤我去绿草芃芃的坟墓；
我不能继续唱歌继续跳舞！

我的旧爱从虫子堆里爬出，
就像他过去常常做的一样，
我必须让快乐潇洒的士兵
松开我的细腰、我的臂膀！

他们把她从舞会送回了家，
整个夜晚她都被恶梦缠绕：
我再也不跳舞、再不唱歌，
奈尔说道，也绝不再婚嫁！

时刻之历史

用诗文把它描述的愿望是徒劳，
笔墨并不能言说界定它的本质；
时间在被言说的同时已被消耗；
原因不言而喻！

是的！对于灵魂太轻薄太厌腻；
六月的清晨盛开的玫瑰的气息，
被用大麻原料编织的鸟网捉捕；
那时刻亦捉捕！

相同与不同

重大预兆的苗头

那次长途旅行观望着同样的景象，
看到了附近的山川紫红色的壮丽，
目不暇接；看到暴风雨滚滚而降；
把这些景象记忆里储藏，我和你，
似乎为了以后我们彼此逐渐回想。

然而，那一天，我们所见的景色
尽管色彩和线条相同，却附加了
你内心的印象，我的却微乎其微——
从此以后使得我们两人彼此分离：
我碌碌无为，而你，怫郁而悲戚。

酒　歌

曾几何时思想发端之时，
　　泰勒斯在世：
　　据说他看见
世人难以看得见的真理；
　　似乎是没有
　　丝毫的怀疑，
世上的万物皆为他创始。

合　唱

斟满你的酒杯：不要悲伤，
现在少有这么深邃的思想！

宇宙里地球坚硬而平坦，
　　他认为这样，
　　至哲人出现，
他的名字哥白尼，正是。
　　他说我们走在
　　一个圆的球体，
围绕予其温暖的太阳转。

合　唱

斟满你的酒杯：不要悲伤；
它仅仅是一个深邃的思想。

随着时间，智力在增进，
　　我们仍认为，
　　至少我们是
唯一的世界人类能生存：
　　直至有谣言
　　人们嘴中传：
这样的世界宇宙中多见。

合　唱

斟满你的酒杯：不要悲伤；
它仅仅是一个深邃的思想。

这个地球，我们的财产，
　　不是首位的，
　　并非最好的，
而是下劣低等卑微平凡
　　骄傲的人类，
　　虚弱的一群，
并没有任何特殊的命运。

合　唱

斟满你的酒杯：不要悲伤；

它仅仅是一个深邃的思想。

达尔文带来奇怪的信息，
　　（尽管平和地
　　他言说自己）；
我们与爬行动物没区分；
　　人类与猿猴，
　　是血缘兄弟，
长刺的爬虫，亦复如此。

合　唱

斟满你的酒杯：不要悲伤；
它仅仅是一个深邃的思想。

这个哲学思想刚刚结束，
　　来了切恩博士：
　　他说得很清楚，
事实证明处女不能产子。
　　这样的故事
　　于信念无益，
久久不为人所知的故事。

合　唱

斟满你的酒杯：不要悲伤；
它仅仅是一个深邃的思想。

现在爱因斯坦有一个理论——
　　这儿很多人
　　仍然很糊涂——
没有运动，没有时间空间，
　　也没有早晚，
　　更没有方圆，
有的仅仅是某种混沌一团。

合　唱

斟满你的酒杯：不要悲伤；
它仅仅是一个深邃的思想。

我们就是这样，十分可怜；
　　像蝴蝶一样，
　　色彩斑斓，
映照在阿尔卑斯山冰川上：
　　卷缩并飞翔
　　在温暖村舍，
我们首要的关心在这样地方。

合　唱

斟满你的酒杯：不要悲伤，
我们深邃的思想正在减缩：
可是我们要做的还有很多。

没有钟声

德诺佛的一首歌谣

坐在月光下苍白的墓碑；
他并没有得到任何回应。

新年第一天却没有钟声，
他转身往回走自言自语；
心中纳闷直至心神不定，
为什么今夜没有了钟声。

而且常常想起那个白影，
坐在月光下孤凸的石碑，
既不说话又纹丝不动，
形态好像一个死魂幽灵。

不久之后他遇见一个人，
年轻时曾是乐队的高音，
说道：我真的不敢相信，
那天夜里为什么没钟声。

确实。已有半个多世纪，

教堂的钟声从来没有鸣，
我一直不知道什么原因，
这么多年他们不敲响钟……

整整一个星期在酒馆里
我们狂喝，一分也不留；
我们的狂饮，已是往昔，
我们最好屈尊成为贼寇。

既然能做到的均已过世，
而且，我也活不了多久，
我告诉你，那老人坦言，
我们痛饮了圣餐的美酒。

每个人用两个人的力量，
每个人都要去把钟敲响；
很快我们发现出了问题，
而我们不知发生了什么。

我们用力直至大汗淋漓，
我们以前从未这么用力，
一个小时了，没有声响
从高高的钟楼传到地上。

翌日的清晨人们在嘀咕，
子夜的时刻他们在静候，
站在门外侧着耳朵倾听，
可是没有传来一响钟声。

我们明白了我们的行止，
我们遭咒诅是它的后果；
可谁也不知我们的秘密，
从此以后再也不敢造次。

我们在走向止境

我们在走向梦想的止境，
梦想宇宙中不可能事情，
例如坏事也会变成好事，
我们会弥补过错凭理性。

甚至百灵在笼子里叫鸣，
对魔咒的解除从不关心，
囚禁在格子棺木终其生，
我们却阵阵开怀乐融融。

国家召唤踏上邻国家园，
用铁蹄践踏他们的遗产，
美丽的平原成溃烂伤口——
不知不觉也非出于兴趣，
却因某种恶力痒痒发疯——
我们在走向梦想的止境！